U0526571

一頁 folio

始于一页，抵达世界

9번의 일

김혜진

9号的工作

[韩] 金惠珍 /著

林明 /译

辽宁人民出版社

没有一份工作，足以承载一个人的全部。

——斯特兹·特克尔

第一章

1

他在一家通信公司的工程组工作，负责设备的现场安装和维修，一干就是二十六年。

他见证了公司从最初娇小柔弱得像只小奶猫，一路成长为如今的通信巨头，心里不免怀有某种荣誉感与战友情谊。这种情感长久不为人知，却似乎深深扎根在他的身体里。

夏天快过去的时候，他接到了部长的电话。这个部长是一个月前才调来的，年龄要比他小得多，却比他更懂人情世故，说话干脆不啰唆，有着适度的礼貌和体恤，对待下属也知道什么时候该保持距离、什么时候该铁面无私。

"您来得挺早啊？想喝点什么，咖啡？"

部长来得比他更早，一看到他，便朝点单处走去。正是午休即将结束的时候，大家都手握饮料，三五成群地往外走。他则透过落地窗，注视着川流不息的车辆和来来往往的人群。

正是秋高气爽的时节,正午的明媚阳光洒满了整个街道。

让我想想,好好想想。

他心里默念着,脑袋里却空空如也。他低头盯着杯子里的咖啡,默默听着部长的话——现在的他除了倾听,也别无选择。

回想起来,他发现自己从来没有什么闲暇去遥想未来,未雨绸缪。每天都被安排得满满当当,事情忙完,一天也就结束了。因此,他的"一天",仿佛就是根据自己的能力、意志力和努力三项数值精准无误地划分出来的。他思来想去,关于自己,似乎能说的也就只有这些罢了。

他抿了一口咖啡,含在嘴里久久没有咽下去。温热的气息散去之后,他尝到一种烘烤后的味道,最终在舌根弥散出一阵苦涩。这咖啡太糟糕了,他心想。部长望着窗外,说起这一带也发生了巨大的变化,新建了不少建筑,很多风险企业在这里租下写字楼作为办公室,还说早在两三年前就盛传国家要将这里建成风险企业发展特区之类的。

"是吗?这样啊!"

他一边故意用夸张的语气答道,一边绞尽脑汁想着如何将话题延续下去。然而,此刻他的脑海里思绪纷繁复杂,理不清,道不明。时间一分一秒地过去,只留下一段长长的沉默,和又一段长长的沉默。

"这次领了退休金,您也可以在这附近买一套商务公寓,据说租金收益还不错。我都想早点辞职了,靠着收租过日子多好啊。"

部长抱着胳膊,身子往椅背上一靠,故意微笑着说道。他能察觉到,部长的笑容无意间流露出一丝慌张和尴尬——这恐怕是部长能表露出的最后一丝歉意吧。

"要真能这么过日子当然好啊。"

他附和着说道,努力挤出一丝笑容。事实上他也不确定自己脸上挂着的究竟是什么表情。不知不觉,杯里的咖啡只剩下最后一口了。

"您这次再去培训的话,就是第三次了……我也不知道该怎么跟您说了。"

第一次在业绩评价中被归为"低绩效员工",被送去接受再上岗培训时,他还想着这可能只是公司杀鸡儆猴的手段罢了。第二次被送去的时候,他又努力说服自己，这大概是经常发生的事情，不过是公司每个职员必经的修炼而已。

可紧接着就要第三次培训了，他已经不知道该如何安慰和说服自己了。

"您应该也知道，第三次培训后，就会收到一份最终评价报告。根据分数高低，您可能会被调岗，也可能会被抽调到外地。"

每隔一段时间，总公司就会派来一名与组员们素未谋面的部长。上一个部长跟他共事八年后离职，今天坐在他面前的其实是第二任了。不过这个部长和上一任不太一样，还算斯文有礼，不会在公开场合颐指气使，让人难堪，也不会打听别人的私事伤人自尊，或是抓住别人的小辫子刻薄刁难。这会儿，也是援引一连串的规章制度、统计指标、营销收支等，尽可能客观地说明当前的处境，试图用充满温情的话语说服他，言辞中充满了"勤恳""辛劳""牺牲"和"感谢"之类的褒奖。

以致他一度觉得，自己似乎都能与这个部长推心置腹，畅聊私事。

例如几个月前，他在郊区买了一栋多户住宅楼。那是一栋四层小楼，现在住着四个租户。房款的一半以上来自银行贷款，交易时还附带一个条件——继续履行原来四个租户的租赁合同。他其实连购楼时的房屋登记簿都没来得及细细看过。

又例如，他憧憬着五年后，或者十年后，读高中的儿子俊吾大学毕业，他就把现在住的公寓卖了，搬到清静的乡下，靠那栋小楼的租金过悠闲自在的生活。所以在那之前，他必须踏踏实实地工作，连本带利偿还贷款。再例如，他每月要支付车贷、养老金、保险费、生活杂费、俊吾的学费，还有不时的红白事礼金、夫妻双方八旬父母的医药费，等等，所以支出永远只多不少。换句话说，他完全可以用这种平民老百姓都会遇到的财务窘境来为自己说情。

但这些却不是他真正想说的，因为这些只占了他不能失去这份工作的无数理由中极少的一部分。部长仿佛已经猜到了他想说什么，抢先一步断了他的念想：

"一个人赖着不走，就意味着另一个人要离开。大家明着不说，心里都希望年纪大的主动离职，这样面子上也好看。您也知道，工作年限短的同事，本身待遇就不太好。"

5

事实上，同事们的个人情况，他比部长更清楚。如果非要按照生活境遇和困苦程度排序决定去留的话，确实可能会像部长说的那样。想到这儿，他低头看了看桌上的文件。部长没有说话，而他也不知该说些什么，于是沉默越来越凝重，仿佛一团乌云重重压在他们头顶。

这时手机响了。部长顿时如释重负，站起身，说出了他有义务要传达的那句话：

"我们开出的条件已经很优厚了，您决定好了的话，这个月内给我答复吧。当然，越快越好。"

部长毕恭毕敬地鞠躬后，转身离开。目送部长走出咖啡店后，他才回过神，将桌上的三份文件细致地对齐、折好，塞进了衣服内侧的口袋。

直到这一刻，他才似乎真正明白刚才发生了什么。

2

他突然有些发怵，四下环顾了一番，刚刚好像又不自觉地嘟囔了些什么。他也不知道自己几时多了自言自语的习惯，特别是陷入沉思的时候。

下班回家后脱袜子脱到一半，在浴室里刷牙刷到一半，摩挲着下巴新长出来的胡子，在昏暗的阳台倚靠着栏杆，清晨等待电水壶里的水烧开……这些时候，他都会不自觉地嘀咕。这个毛病，他也是很久之后才有所察觉。

"嗯？你刚说什么？"

一开始，妻子惠善还常常会问他。但他总不回应，惠善也就不当回事了。导致现在他认真想要问些什么的时候，她依然以为他在自言自语。久而久之，他也不当回事了。两个人都把这看作是一种相处的默契。不管对于他还是惠善，去倾听对方，还要做出对方期待的反应，让所谓的对话延续下去，都是件劳神费心的事。早上起来的时候，还在苦恼该如何度过漫长的一天；到了入睡时，又苦恼起为何一天转瞬即逝。每天的时光看不见、抓不着，悄无声息地顺着掌纹刺溜儿而过。

等公交车时，他短暂地想到了妻子。在超市两班倒的惠善，通常要晚上十点以后才能到家。儿子俊吾也不例外，放学后还要在补习班学习到深夜。

远处的十字路口，一排排车辆正在等待绿灯。横挂在空中的红色信号灯在他看来就像燃烧着的烟头。天色已经暗下来,还没等到浅红的晚霞慢慢铺满天空,夜晚就迫不及待地降临了。远处总公司的大楼还亮着灯。是不是太早离开公司了?他心里涌起一阵懊恼,挥之不去。

至少没必要像犯了事一样逃跑啊,他心里又一阵自责。已经有两辆公交车到站又开走了,车里很拥挤,他没有上车,最后干脆慢慢走了起来,打算先走到地铁站,再考虑怎么回家。

"什么培训,也就那点破东西,再参加一次就行了呗。"

他又自顾自地嘟囔着。不知道是不是这次的声音大了些,旁边等绿灯的行人都看了过来。他最后没有去地铁站,而是朝街对面那条聚集了很多大型复印店、广告牌制作公司、灯具店、五金店的小巷子走了过去。那里有他常去的一家理发店。那扇窄小的铁门敞开着,仿佛那位瘦削的理发师早就知道他要来。看到他进门,理发师便直起身子,迎接他。

"您今天下班挺早啊!"

理发师说着从架子上取下一条毛巾,用手抓住两端猛地向两边扯,在空气中击出一声脆响。毛巾白得反光，一下子吸引了他的目光。恐怕连理发师也想不到，他每次经过都像被勾了魂一样走进来，这么久从未换过地方，就是因为那洁白的毛巾。说起来，理发师的手艺其实并不出奇，主街上的发型店说不定剪得更快、更好，也更令人满意。

他坐上那把每次移动时都会吱吱响的椅子，靠在椅背上，闭上眼，不愿面对镜中的自己。椅套飘来一阵陈旧的气味，混杂着廉价护肤品的味道，敞开的门外不时传来说话声和摩托车声。

"您在这儿开店多久了？"

他闭着眼睛问道，那时头发已经快剪好了。理发师关上门，在镜子旁的简易洗手台洗了洗手，缓缓答道：

"唔……大概有四十年了吧。我算算啊……您第一次来我这儿理发都是十年前了吧？有十五年了吗？不对，快二十年了。"

"二十年了吗？这么久了啊？好像是啊。"

他思忖着理发师的话，嘴里念叨着。

"时间过得飞快啊。"

"是啊，时间过得飞快啊。"

他机械地把理发师的话重复了一遍。

那是一种想要说些什么,又瞬间不知该说什么的感觉。于是他照着部长告诉他的说了一遍,说周围新建了很多大楼,很多公司入驻,要建成风险企业发展特区什么的。

"对啊,是这么说来着。所以这巷子里的租户都担心得不行啊。巷子最里边的店面都退租了,现在几乎空了。"

他睁开眼睛,看了看正在为他打理头发的理发师。他很好奇在这平缓的声音和恰如其分的礼貌背后,究竟还透露着什么讯息。难道这巷子里发生的事都跟他毫不相关吗?莫非他是这栋老旧建筑的主人?他从未和理发师聊过这些私人话题,镜子里的理发师总是一副认真的样子,细致而专注地打理着他的头发,不放过一处死角。

"您也很发愁吧?"

他问道。理发师转过头来,清了清嗓子说道:

"我在这里啊,拉扯大了三个孩子。嫁的嫁,娶的娶。我能干到今天,也算是享福了。如今这楼老了,我也老了,也干不了多久啦。不过一想到这里要拆也确实有些不是滋味。"

这会儿,理发师刚才推荐他做的染发也染完

了，他便从椅子上站了起来。发型变得清爽整齐，发丝也都黑黝黝的，他的心情也随之变得轻快起来。

"您慢走啊。"

理发师打开门，把他送了出去。

他一边走着，一边浏览贴满墙面的各种条幅、公告和警示牌，悠闲地离开了小巷。那些告示非常破旧，一看就知道有好些年月了，但为什么自己从来都没有注意过呢？为什么每次都像这样，事到临头了，他才眼见耳闻，后知后觉呢？不过，就算他提前知道了，事情又能有什么不同呢？就算明天再来，发现理发店已经被拆得无影无踪，多出了一家冰激凌店或宠物咖啡店之类的，也没什么好讶异的——不过是寻常百姓都有可能遭遇的日常小事。

"对，没错。没什么大不了的。"

他一边抚摸着自己的头发，一边喃喃自语，暗暗说服了自己。头发里散发出浓烈的香气，让他的心情又轻快了一些。这时，昏暗的天空出现了一个闪烁的光点，是一架飞机。他抬起头，望着高耸入云的建筑顶端闪烁着的灯光。飞机渐渐变得越来越小，最后消失不见了。

3

同一周的周末,他的老丈人住院了。

老丈人干了一辈子木工,膝盖做过一次手术,但是炎症反复发作,现在就算拄着拐杖也走不了几步路。老丈人和丈母娘二十岁出头就结了婚,从当初的一贫如洗走到如今,让他颇为敬重。二老为了把两个女儿拉扯大,不知道捱过了多少苦日子,但是在他们身上看不到任何穷横、刁蛮的影子。相濡以沫的岁月,在他们身上烙下了同样的特质:踏实、谦逊、礼貌、懂得感恩。

在火车站台上看到老丈人坐着轮椅奔他而来的那一刻,他的心好像被什么轻轻撞了一下。不过短短几个月,老丈人的身体就像一张拆礼物剩下的包装纸一样,变得皱皱巴巴了。

"爸正式入院以后我再过来一趟。辛苦你了,姐夫。"

惠善的妹妹智善把自己的父母托付给他后,便转身离开了,仿佛移交了一件沉重的行李。他推着老丈人的轮椅走在前面,丈母娘迈着小小的步子紧紧跟在身后。他一路走,一路小心避开来往的行人。

轮椅在车站大厅的地面滑行自如,他几乎感觉不到上面的重量。

"出现淤青的时候就让你上医院,你这老头子真让人不省心。智善连自己的事都忙不过来,惠善也忙,就你会使唤人。看到孩子们这么辛苦,你心里不难受吗?"

丈母娘一顿数落轮椅上的老丈人。

"没关系。俊吾他妈说马上就来医院。二老吃饭了吗?"

老丈人抱着拐杖靠在轮椅上,没有吭声,像是睡着了一样。他突然想到,不知道老丈人有没有适合用作遗照的照片。但他又觉得不吉利,赶紧回过神,暗暗自责。

出了车站径直走,便是停车场。

他把老丈人抱起来安置在车后座上,又把轮椅折好放进后备厢。生怕老丈人坐得不舒服,为他调了好几次姿势,最后把丈母娘安排到副驾驶座,看着她坐好。这么一来一回,他的额头和后背都渗出了汗水。他坐上驾驶座,握住方向盘,在启动车子之前深深地呼了一口气。过后他突然意识到,这个细微的举动说不定会让老丈人和丈母娘感到内疚。

好不容易开过一段拥堵的路,车速上来之后,丈母娘说话了:

"给你添了很多麻烦吧?我们家老头也真是的,人老了有些小病小痛算什么,总是爱小题大做,光知道使唤人。"

听到这儿的时候,他正忙着换车道,没顾上回答。本来心里正琢磨着该说些什么,却总是有车辆不时插到前面,还有些迎面而来的车子开着远光灯,他很是恼火。

丈母娘沉默着,望了望窗外,问起儿子俊吾的近况。但其实他自己也不太了解,甚至怀疑自己可能真的对俊吾一无所知,只好搪塞了几句。

话题再一次中断,气氛变得有些尴尬。他透过后视镜,看到这种尴尬正在两位老人脸上越发明显。

俊吾很小的时候他和妻子忙于工作,经常把俊吾送到丈母娘家。俊吾上小学后,丈母娘(偶尔是老丈人)就隔三岔五上门帮忙照顾孩子。俊吾是他俩好不容易才有的孩子,从小体弱多病,丈母娘和老丈人一直不放心。从老丈人家到他家——步行至公交车站,坐公交到汽车总站,再换城际大巴,到达小区后再步行到他家——约莫需要两个小时。他在脑海里想象了一下二老的这段路程,不禁感慨,恐怕就是这段路途榨干了二老仅剩的青春。他突然想到,这一刻可能是他向二老的奉献表示感激的最佳时机。或许简单的一句感谢,都能让他们振作起来,不再对子女感到深深的亏欠,哪怕只是暂时的。

"快到了,还能坚持吗?"

但已经能远远地看到医院了,他才挤出了这样一句话。

"嗯,没事。不用担心。"

老丈人皱着眉头答道。后视镜里的老丈人蜷缩着,瘦弱得就像只麻雀。他转方向盘,径直将车子开进医院的停车场。这时车子轻微颠簸了一下,他下意识地停下车,检查车内,又看了看两侧的后视镜,并没有发现什么异常。他心想可能就是压到减速带之类的,便准备启动汽车。这时,老丈人说话了:

"下车看看吧,这事说不准,还是确认一下好。"

要不是老丈人这么说,他可能就直接开进停车场了。

"稍等我一下。"

他确认后座的老丈人安全无恙后便下了车,发现车子后方有个人,戴着安全帽坐在路中间,旁边倒着一辆摩托车。一个外卖箱翻倒在一旁,一次性杯子、碗碟、饮料、酱料、洋白菜、西红柿、面包和汉堡肉胡乱撒了一地。

"那个,你没事吧?这是怎么了?"

他朝那个摔倒的人走过去。周围的人看了过来,还有几个人把手架在额头上,皱着眉头注视着他们。坐在地上的人慢慢摘下安全帽,露出一张稚嫩的脸,说是高中生也不为过。小青年看着他,脸上充满了无奈,不知道该怎么收拾这一残局。

"你能站起来吗?有没有伤到哪里?"

"唔,外卖箱突然倒了,我是没什么事……就是……唉,完蛋了。"

小青年嘟囔着站了起来,拍了拍身上的土,试着把摩托车扶起来。他帮小青年把车子扶正,又把那个塑料外卖箱抱了起来。

车左后方的保险杠上有道划痕,虽然看起来并不是特别严重,但毕竟蹭掉了一层漆,白色的划痕在车身黑漆的映衬下还是有些刺眼。他摸了摸那道划痕,默默掏出了钱包。他不想追究是谁的责任,不想要求什么赔偿,也不愿絮絮叨叨地教育年轻人要养成良好的骑车习惯、保持高度警惕什么的。突然,他看到丈母娘正把头探出窗外,好像准备要下车,于是赶紧冲丈母娘说道:

"您系好安全带,我马上回去。"

接着,他掏出两张五万韩元的钞票递给了小青年。小青年立刻就收下了。

"没有受伤就好,不过以防万一,你还是去一趟医院吧。别落下什么毛病。"

其实他知道停车场的入口是单行道,禁止非机动车进入,但他没有说,也没有告诫小青年在人行道和车道交错的地方骑车是一件危险的事。因为他觉得,小青年心里大概也清楚这一点。小青年收下钱后,蹲在花坛边,不知在给谁打电话。那便是他对小青年最后的印象了。等到推着老丈人的轮椅,和丈母娘一起朝挂号窗口走去的时候,他已经把小青年的事忘得一干二净了。

就在他们取了号,等待就诊的时候,惠善来了。他默默看着妻子卷起她父亲松松垮垮的裤子,妻子打量着那对几乎皮包骨的膝盖,询问父亲的近况。

"没别的事吧？忙的话先走也行。"

听到惠善这么问，他望着挂号窗口上方屏幕上缓慢变换的数字，微微摇了摇头。奇怪的是，他感到心情渐渐沉重了起来。他自己也不知道为什么会瞬间变得如此消沉。莫非是太过疲惫？又或者是医院本身带给人的压抑和不安？直到见了医生，办好入院手续，领到手续费、住院费清单后，他才意识到自己好像一直都在等待这一刻。

他到了住院部，用信用卡缴完所有费用，跟妻子和二老打了个招呼，便先行离开了。

4

直到九月最后一周的星期一，他才上报说愿意接受再上岗培训。

"您还有几天可以慢慢考虑。"

部长说着，将两份文件递到他面前。他当场就把两份文件都签了，一份拒绝劝退的确认书，一份承诺用心接受培训、不对最终评价结果提出任何异议的同意书。看到他签了字，部长便没再多说什么。

那段时间，他和惠善因为老丈人的医疗费和护理费的问题有过几次争吵，惠善非常敏锐地察觉到了他内心深处的那种不安。让他感到不满的是，为什么照顾两位老人的责任全都落在了他们头上？小姨子智善呢？而且为什么老丈人和丈母娘的语气和态度里似乎都透着一种理所当然？

"这不是因为病了嘛，年纪大了就容易生病啊，那有什么办法。智善住的那一带也没有合适的医院做手术。再说了，不是你当时说的嘛，手术既然要做，就去大医院做。"

妻子试图用温和的语气安抚他，她故意注视着他的眼睛，似乎要借此摸清他内心的真实想法。但从他口中得知具体的医药开销后，惠善的表情还是一下子僵掉了，她随即装出波澜不惊的口吻淡淡说道：

"那你怎么不想想当年我们搬过来时，我爸帮了多少忙？我爸当时怎么待你的，你都忘了？要不要做手术都还没定呢，就算要做，那手术费能花得了多少钱？我爸都已经疼得晚上睡不着觉了，你还想怎么样？"

十年前，老丈人还没退休就把自住的小楼给卖了，搬进了一间小公寓，除去基本的生活费，剩下的钱都给了他们夫妻俩。他在拒绝几次之后还是把钱收下了，当时他就下定决心，未来一定要照顾好二老的生活，即使到了现在这份决心也没有动摇。就像惠善说的，医疗费也没那么贵。但是他也说不清楚，自己为什么会抓着这些鸡毛蒜皮的事争长论短。

周五，具体的培训日程出来了。

通知里还让他从十月起到另一个片区的PIP[1]中心报到。然而从那里到他家，光是上下班就要花费三个多小时。

他想拜托部长把他转到近一些的地方，但自称在外跑业务的部长，下班时间过了很久，才回了一条信息说今天不回公司了——说白了就是拒绝的意思。

他从公司出来的时候，已经过了八点。

他没有回家，而是参加了同事聚餐。几个人聚在一起，烤着肉，吃着海鲜，喝着冰凉的烧酒，

---

[1] 全称为Performance Improvement Plan（绩效改进计划），通常是管理者与员工充分讨论后，对员工有待发展提高的方面所制订的、在一定时期内完成有关工作绩效和工作能力改进与提高的系统计划。——编者注

这本是件轻松平常的事，但今天大家相视无言。偶尔开口，也只是不约而同地说起一些无关痛痒的话题。

一会儿是令人愤恨的无能政客，一会儿是社会热点事件；一会儿是对年轻人的质疑，一会儿是对过去岁月的追忆……对话就这么有一搭没一搭地缓慢进行着，气氛既不热烈，也不冷清，维持着刚刚好的温度。

期间陆陆续续有人离开，最后只剩下三四个人。这时对话便再也进行不下去了。大家脸上都挂着不愿张口的神色，注视着桌上的酒杯默不作声。但其实大家心里都很清楚对方在想什么。

"差不多也该散了吧……"

他心里这么想，却迟迟没有起身。

有人说到其他部门走的人更多，接着便有人接茬儿，说现在的条件接受劝退也不失为一个好的选择。天南地北的话题这才不紧不慢地回到了他们自己身上。就这一小会儿，他又闷声不响地灌了一杯酒。借着酒劲儿，一些平常不易觉察的微妙情绪开始变得强烈尖锐。与其说是对他人的愤怒，倒不如说是一种自责，责怪自己无能又舍不得撒手。

他沉浸在自己的世界里，细数自己的落魄。

许久后他才反应过来，刚才同事们的话，原来都是说给他听的。这时，有人把杯子往桌上重重一撂，站了起来，红着脸用交织着怨恨和愤怒的眼神俯视他。仔细看，是浩石。这时服务员端上了他们点的炖鲅鳒鱼，炖在一起的豆芽堆得满满的，辣味儿带着热气扑面而来。

"您这就过分了啊。您真的不知道今天有谁签了字吗？"

浩石的发音好像咬到了舌头，含糊不清。他朝浩石招了招手，示意他坐下。

"你先坐下，坐下说话。"

"您怎么能这样？又不是不知道郑前辈现在的处境，太过分了。真没想到您能做出这样的事来，您怎么能做到这个份儿上？！"

浩石是组里年纪最小的，足足比他小了十岁，完全不懂得掩饰自己的情绪。任何一点小事，他都能挑出毛病，寸土不让，口无遮拦。因此，浩石的待遇比别人差一截，还经常受处分。

"你这是干吗呢？坐下，坐下好好说。"

他又示意让浩石坐下。

周围的人声和电视声好像突然消失了，所有人都竖起耳朵，注视着他们。其实他并非无言以对——浩石口中的郑前辈，也就是润宰的情况，他自然清楚，但对于自己的处境，他也有话要说。

"真的太过分了，这就说不过去了吧？怎么能不考虑一下其他人呢？说实话，有几个人能够毫无顾虑，说离职就离职。谁都跟他似的，一不用给生病的孩子交医药费，二不用一个人养家糊口？家里养着两三个小孩的人都被劝退了，都离职了！"

其实他很想反问一句，不想离开公司难道仅仅是因为经济上的困难吗？二十六年了，他和这家公司的羁绊，难道真的只有这份少得可怜的工资吗？

他还是忍住了。

他用这种沉默的方式，放任浩石的怒火烧得越来越旺。反正这团怒火也不是冲他来的。其实浩石跟他一样，不过是内心的情绪失去控制，突然爆发了。比起被愤怒冲昏了头脑、口无遮拦的浩石，那些默不作声的同事更令他失望。

"大家都赖着不走，就是要死一起死的意思呗，不是吗？"

浩石的身体晃晃悠悠，碰倒了桌上的玻璃杯，连带筷子、勺子还有塑料碗碟，哗啦啦掉了一地。

"下次再说吧，今天都喝多了。"

他站起来，轻轻拍了拍浩石的肩膀，之后埋单，离开了餐馆。出来后才想起把外套留在了店里。但他没有回去，而是径直穿过酒吧林立的小路，顺着停满出租车的大道走了起来。

混乱的内心渐渐平复下来，对同事们的埋怨也慢慢消退。最后剩下的，只有自我怀疑和羞愧。工作二十多年，他从来没有遭受过如此赤裸的指责。由此而来的那种失落和不适，其实过不了两天就自然而然地消失了。他唯一在意的是，长久以来他和这些值得信赖的同事，在共事中建立起的互信关系。这种信任，是在经年累月中，在对彼此的面容和嗓音无比熟悉的过程中，在习惯或者惯性深深扎根的过程中，经过无数次枯燥乏味又艰难的磨合，才形成的。他没想到，如此来之不易的东西，竟然这么轻易就消失殆尽了。

即便如此，回家路上，他还是没能下定决心或得出任何结论。

5

从他家开车到 PIP 培训中心需要两个小时。

这意味着他需要比平常提早两个小时起床。他把闹钟调到了凌晨五点,结果提前十多分钟就醒了。他眨眨眼,等眼睛适应黑暗的环境后,环顾四周,便起床准备上班。

"这么早就出门?现在几点了?"

最初惠善还强忍着瞌睡送他出门,几天后不再问任何问题。之后他每天离开卧室,关上门时,都会看到皱着眉头沉睡的妻子。

他在停车场门口抽了一根烟,然后朝自己的车走去。常年开二手车的他,终于在三年前下决心买了一辆新车。至少在当时,他觉得自己有能力、有资格开上一辆这样的新车。然而现在他产生了一丝动摇,觉得自己那时还是太过天真。他在一片黑暗中打开雨刷,拿掉车窗上的树叶和传单,启动汽车。道路原本还被一片灰暗和寂静笼罩,但随即而来的日出,以一种缓慢却坚定的姿态,撕开黑暗,刺破这片静谧。有时他会产生一种错觉,不是清晨来了,而是自己在奔向它。

几天后,他才得知浩石辞职的消息。

那时他正在员工食堂吃午饭。所谓的午饭通常是他每天的第一餐,饥肠辘辘的他却每次都吃不完——食堂的饭菜不是只有咸味就是只有辣味,又或者全是调料味。而且在培训中心的这段日子,他心里好像被什么堵住了,憋得慌,任何东西到嘴里都难以下咽。

"应该是觉得离职条件已经可以接受了。"

看他没吭声,旁边的一个同事似乎在安慰他。

接受培训的远超上百人。同部门职员被刻意分到不同的小组,因此很难知道谁被分到哪里。他只是培训第一天在开早会的礼堂碰见了浩石。浩石刻意避开了他的视线,微微点了点头便走开了。

"浩石才四十二岁,肯定有解决办法。"

同事又补了一句。

内疚的心情刚刚平复,就得知七个组员中又有两个自愿退出,他心中的大石轻了些,至少暂时风平浪静了。但是过不了多久,剩下的人就会被分成五或六人组,参加新的考核,每组淘汰两到三人。

"下周就是中秋了,据说培训到这周就结束。"

他心不在焉地听同事说话,随后走出大门,来到楼后点了一根烟。在锈迹斑斑的自行车四周懒洋洋踱着步子的几只野猫好像被吓到了,拔腿就跑。他掏出手机,翻看通讯录,一个个熟悉又陌生的名字掠过,他有些吃惊——都是调换了部门或者早早离职的同事,自己竟然都要忘记他们的存在了。好不容易找到了浩石的电话,拨过去却无人接听。他发短信,说自己刚得知他离职的消息,让他保重身体。

浩石没有回复。

"也是,他还年轻,会想办法的,没问题。"

他喃喃自语,安慰自己,这是没有办法的事情,不必在意。虽然这不是第一次,但他还是不明白,为什么每次遇到这样的事,自己都会懊悔和自责。

"您晚了八分钟。还有,请戴上您的工牌。"

他准备回到地下礼堂的时候,被门前巡视的监督员叫住了。他从口袋掏出胸牌,挂在脖子上。监督员仔细确认了他的姓名、部门和职位后,把登记簿推到他面前,要求他登记入场详细时间,之后才放他进礼堂。

《萧条经济学》

《通往自由与幸福之路》

《成功的对话法则》

《全球化时代的人脉》

——他还有四本书没读。

摊开书才发现,书里的内容早已忘得一干二净,于是他又把书翻回第一页,重新读了起来。好不容易感觉掌握了书的脉络,却又担心漏掉了重点,于是不停向前翻,最后不知不觉又回到了书的前几页。

纸上的字仿佛在嘲笑他,张牙舞爪地向他宣战。

低头的时候光线也被挡住了,阴影笼罩的书本和纸张,让他的阅读和书写变得更加困难。他眯起眼睛,用力握住手中的笔,写了起来。说是报告,其实就跟中学生写的读后感没什么两样。就像部长说的,他已经是第三次接受培训了,却还是难以适应。他对自己很失望,觉得自己迟钝、木讷,不懂得精明处事;又觉得自己太没用,竟然还没有掌握任何诀窍,不知道该怎么写、写什么才能通过考核,才能获得高分。说不定培训的目的,就是为了让他时刻睁大眼睛看清自己吧。

如果真是这样的话,他算是抓住培训的精髓

了。

他提交报告的时候,负责人似乎早就料到了,说字数太少。

"你这字写得太大了,总字数刚到要求的一半吧。"

他像个因为没做好作业被批评的学生,傻傻地站着,没有得到其他具体的反馈,便拿着报告返回座位。他展开折叠小书桌,反复读了几遍自己的报告,还是不知道该补什么、能补什么。最后准点下班的,只有三四个人。剩下的大都跟他一样,不是一脸茫然地翻书,就是低头盯着自己的报告。

培训的三周里,他常常半夜才到家,继续写报告直到凌晨。这些他几乎不眠不休写出来的报告,大部分都不合格。主管用冷冰冰的口吻告诫他,不要机械地总结书里的内容,要针对自身的情况深刻反省,提出改进计划。

最后,他以几乎垫底的成绩结束了培训。七人小组在这个过程中只剩下五人。而且据说公司很快就会进行大规模的人事调整。

"各位可千万别觉得现在还跟十年前、二十年前一样。今非昔比啦。无论电话还是网络,挖个地、铺个线就能赚钱的好日子早就结束了。并非只有我们公司面临这样的处境，这些相信大家都很清楚。总之呢，形势只会越来越差。选择摆在眼前，我知道不容易，但还是希望各位都能做出明智的决定。"

中秋长假前的总结大会上，部长一脸严肃地对组员们这样说道。

在他看来，部长的这些话，说是警告或者威胁也不为过，而且似乎是冲自己来的。不过很快，他松了一口气，毕竟自己又争取到了一些时间。

6

总结大会结束后，他才和同事们去吃午饭。

公司后面有一个他们常去的小区超市。看到他们一起来，老板特意帮他们把两张桌子拼在一起。说是桌子，其实是盘电缆用的木轴，一看就是报废后被公司处理掉的。常年使用使得木头表面变得光滑油亮。一个同事买了两瓶烧酒，泡了一碗方便面，端来两块用微波炉热好的豆腐。

不一会儿，酒桌上便充斥着一种异样的愤恨。

他跟同事们争先恐后地列举着培训中读过的书，夸张地模仿主管和负责人的腔调，打那几个乳臭未干的年轻人到底是正式员工还是劳务派遣人员的赌，接着甩出几张钞票，又买了几瓶酒回来。可是，没有人提起那些离职的人现在过得好不好，近况如何。

他提着那套装满廉价洗发水和牙膏的纪念品礼盒回家。上台阶时，通过地铁闸机时，抬头查看巨大的地铁路线图时，他总是不自觉地反省今天是否说得太多了。

"是谁说的来着？"

他费力地回忆着谁说了什么，自己又回答了什么。虽然他也告诉自己没必要如此纠结，可越是这样，就越是深深陷入那些场景，无法挣脱。回到家脱鞋，皮鞋底传来一股恶臭。回来路上，他想也没想就踩上落在人行道上的银杏果，碎果粘了一鞋底。他窝坐在玄关，试着将弄脏的鞋底擦干净。鞋子破破烂烂的，布满各种划痕，鞋面被撑得松松垮垮的。他就这样坐在那里，盯着皮鞋，想还能不能穿着它回趟老家。很快，思绪又回到他和同事们的对话上。

第二天，他终究还是穿着那双皮鞋踏上了回老家的路。

回去一趟，开车需要三个小时。每次他下车的时候，都会习惯性地盯着皮鞋愣上几秒，心想是不是该买双新的了。可瞬间又觉得，自己为什么会介意这些鸡毛蒜皮的事情，是不是太过敏感了。

他的母亲在乡下独居，在他抵达之前，他的大哥大嫂还有侄子相浩已经提前到了。车子开进院里，在附近闲逛的两只狗一下子拥了上来。他先把大包小包的礼盒从副驾驶座上提了下来，又温柔地摸了摸两只狗。

"你来啦？"

嫂子正在院子一旁清洗酱缸，看到他便走过来迎接。

几个月前开始修缮的老房子现在焕然一新。虽然从远处看还是跟以前一样的瓦片屋顶和木结构，但是翻新土墙，安装双层窗户，重新刷漆，让房子整体看起来宽敞了许多。户外水槽贴上了瓷砖，加高了槽沿；小菜地用砌好的砖块划分出明显的界线；院子的地面也修整得干净齐整。

"像个新家了。"

"是吧，但洗碗池和洗手间还是老样子，小房间和仓库也乱七八糟的，买好的碎石子还放在那里呢。"

"碎石子找一天铺上就好了。"

他站在原地，用脚搓了搓地面，蹭掉鞋底的泥后才走进屋子。空气里充斥着家具、墙纸和未干透的墙胶的气味。

"来了？俊吾跟俊吾他妈呢？你怎么自己来了？"

母亲咳嗽着走出来。几个月不见，他的母亲又缩水了一圈，银白发丝的缝隙间，白花花的头皮清晰可见。

"孩子他妈不是忙着照顾老丈人嘛，俊吾也忙着学习呢。哪能每次都拖家带口地来回折腾啊，我来不就行了？"

他等母亲咳完了才说。母亲几年前被诊断出慢性支气管炎，那之后每天咳个不停，吃药也只能稍微缓解几天，治标不治本。

"能一起回来当然最好啊，一年最多也就见上两次面，这下两次都见不上了。"

其实惠善住不惯这四面土墙的房子，她受不了去趟洗手间还得走到屋外，穿过院子。不过这次没来并不是因为这件事，而是因为节假日的工资几乎是工作日的两倍，她舍不得休息。而且她还得跟丈母娘轮流照看住院的老丈人。老丈人的身体太虚弱，膝关节手术已经延后两次了。

母亲、大哥、嫂子还有侄子相浩和他，五个人围坐在一起，窄小的客厅一下子变得满满当当。打开朝向院子的那一扇落地窗，微风徐徐吹来。

"既要工作，又要照看父亲，弟妹肯定很忙，不过好歹是过节嘛，一起聚聚多好。下次把俊吾也带来，也该让他参与祭祖的事情了。趁大家都在，让他各方面都好好学学。"

他刚想回答母亲的时候，大哥这样说道。听起来像责备他连过节都要逼自己的妻子去上班。他忍住干咳，望向一旁，看到了许多修缮到一半的痕迹。给老母亲修葺房子的工程，是他在春天的时候提议并说服大哥大嫂后开始的。一半以上的施工费落在了他头上，之后由于各种各样的问题追加的费用也都是他付的。在母亲好几次把他寄来的施工费悄悄挪作他用后，工程就停滞不前了。不用猜也知道，那些钱肯定进了大哥的口袋。大哥干了一辈子的农活，却不是什么干农活的料——无论收成好坏，都卖不出好价钱，甚至雨季和台风天也常常跟大哥作对。大哥日子过得紧，总是让母亲操心，这点他也是知道的。

"天气要转凉了，工程也该抓紧收尾了吧？洗碗池，地面，还有洗手间什么的……"

还没等他说完，母亲就插话了：

"还修什么啊，没必要。我这还能活几年啊？我一个人住，差不多就行了。别操那个心了。有那个闲钱的话不如直接给我。好端端的一个房子还折腾什么。"

母亲似乎已经猜到他要说什么，直接打断了他。他便也不好多说什么。

过了好一会儿，话题转到了准备结婚的侄子相浩身上。十年前，相浩好不容易专科毕业，之后一直没有找到份像样的工作，只能干些体力活。每逢过年过节，相浩会跟着父母回老家探望。不记得是哪一年，他送了相浩一瓶土蜂蜜，相浩回头就给了俊吾一笔数目很大的零花钱。

他担心相浩结婚的开销，但相浩只是羞涩地说了句"没关系，不用担心"。清澈的眼神和低沉的声音似乎透露着某种激动和担忧。他默默看着相浩，一种被亲人环绕的安心把心里烤得暖暖的,这种不计代价的善意和亲情,对他来说已经有些陌生。

"也是,刚开始可能会过得有些紧巴巴,不过你俩都工作,马上就会好起来的。"

他鼓励了相浩一句。

"那可不,哪有什么事情一开始就能顺心顺意的?你不也是结婚后,还在小单间住了五年吗。当时我还想,这孩子要在这个贼窝一样的地方住到什么时候。你看现在,不也过得像模像样的?"

母亲望着院子,接过话说道。

话题慢慢向前追溯,回到了二十年前、三十年前。那是一段资源极其匮乏、生活惶惶不安的时期,所谓的未来遥远得好像永远不会来,那时的他甚至无法预料一年后、两年后生活会变成什么样子。但看到日子一天天有了起色,他发自内心地感到了一丝欣慰。他对自己有信心,也坚信日子会越过越好。

因此,他专注脚下迈出的每一步,勇往直前,向未来奔去。他看到了生活正在变好,并且相信它会持续向好。

吃完晚饭,他和相浩一起把仓库里的东西整理了一番,又到小菜地里修整了一下整个冬天要用上的塑料大棚,仔细检查那些纵横交错的架子是否连接扎实,双层塑料薄膜是否存在破损。天黑后,屋外变得异常寒冷。

直到午夜,他才在以前母亲住过的房间铺好被褥,躺了下来。房间里摆满了各种杂物和不知装了些什么的箱子,剩下的空间刚好足够躺下一个人。屋里弥漫着一股污浊的气味,他想起了第一次和惠善睡在这个房间的那个夜晚。

"你老实说,妈是不是对我不满意?"惠善问道。

他把头依偎在妻子的后颈,回答道:

"什么满意不满意的。"

体格瘦小的他看起来弱不禁风,无法像大哥一样适应农活。幸运的是,他成了一名国有企业的技术员,端上了"铁饭碗"。他每次回乡,周围的邻居都会找上门,拜托他把子女安插进去。他深藏于心的那份优越感,妻子有所察觉。她是个聪明的女人,对于这些事情有近乎本能的直觉。

即便如此,恐怕妻子也没有料到他今天的处境。他突然想起浩石满脸愤怒俯视自己的那一刻。

他很想知道,为什么浩石偏偏冲他发泄那些怨愤和不满。难道在浩石眼里,自己是当时在场的人中最无能、最没用的?如果浩石真是这样想的,他真想问清楚为什么。任何一个能够说服他的理由,都会让他好受一些。他把自己藏进厚重又潮湿的被子里,辗转反侧,久久未能入眠。

7

第二天祭祀结束后,他马不停蹄地赶回家。

虽然三天的假期还剩两天,但去医院看望住院的老丈人就得花掉一天,还有一天要联系租客,去漏水的那套房子看看内部的情况。

直到假期最后一天的傍晚,他才有时间坐下来,跟惠善还有俊吾一起吃晚餐。他简短地汇报了老家装修后的变化和相浩准备结婚的事情。

"俊吾啊,相浩哥结婚时你也去一趟,好歹也得打个招呼,恭喜一下吧。"

他说话的时候,看了看儿子,发现他不知不觉间又长高了一截。俊吾依然只是干巴巴地应了一声,眼睛始终望向客厅的电视机。上次他鼓起勇气向俊吾问起学校生活的时候也是如此。入学考试和学校同学什么的,他一无所知,犹豫了一会儿,硬生生地将已经到嘴边的几个问题吞了下去。

"儿子,你爸问你话呢,好好回答。"

惠善用温和的口吻劝了一句,俊吾才一边咀嚼着饭菜,一边说"都挺好",接着快速将米饭扒拉进嘴里,然后离开了餐桌。确认儿子回到了自己房间,惠善才告诉他,老丈人的手术定在了下周,并提起郊区小楼201室新婚夫妇的事。

"楼上也看过了吧?"她问道。

"看过了啊。你不也去看过了吗?结构都一样,楼上也是客厅。"他回答说。

"严重吗?客厅怎么会漏水呢?"

"阳台窗户上也有一些水渍,所以再观察看看。不行的话,只能把301室客厅的地板撬开检查了。"

"谁说的,施工方吗?撬客厅地板怎么行啊,那施工费谁来出?说不定根本不是客厅的问题。"

关于这个问题,他也说不出个所以然来。做了两次排查都没能找到漏水点。他好不容易才说服201室的租户再等等看。

惠善手里的勺子掉到地上,发出叮叮咣咣的响声,他这才注意到她早早放下了筷子,右手不停地握住又张开。他和惠善对视了一眼。

"平时偶尔有些酸痛,今天怎么这么严重?勺子都握不住了。"

惠善轮换着按压自己的双手,皱着眉头说道,接着又说可能是太累了,过一阵子就好了。然而事实恰恰相反。第二天他起床的时候,发现妻子坐在清晨的灰蓝阴影笼罩的暗处,双手紧握,不知所措,两只手肿得像是戴上了厚厚的手套。

他给公司打了个电话说会晚点到,便赶紧拉惠善去医院挂急诊。即便是工作日的早晨,急诊室仍旧挤满了人。等了将近一个小时,才轮到惠善。

"您是做什么工作的?"

医生语气生硬地问道。听到惠善的回答有些含糊,他提高音调说:

"是主要用手操作的工作吗?"

"没有,不是这个问题,就是最近的事比较多。"

"主要在户外工作吗?"

惠善摇了摇头。

"最近这种天气在户外工作的话，会引起血管收缩，加剧疼痛。太干燥或太潮湿的地方都不行。症状是从什么时候开始的？"

"没多久。一开始只是觉得有点麻，一会儿就好了。昨晚开始严重的。"

"手给我看看。疼的话你就吭声。这里疼吗？这里呢？这里疼，这边疼得比较厉害，对吧？"

医生一边按压惠善的手掌和手腕，一边观察她的反应。然后盯着他，示意他补充一些有助于诊断的细节。但他俩都没搭话，医生便开了单子让惠善去做几项检查，送他们出去。在候诊室等待做X光和肌电图检查的时候，他悄悄看了妻子一眼，她握着自己肿胀的双手仰头盯着电视。

他知道惠善在超市食品区工作，但从来没有追问过她具体负责什么。

"平常工作的时候，机灵一些，不用太拼命。"

到头来，他也只是随口说了这么一句。然而他还是有些好奇，究竟是什么样的工作，多大的强度，才能让手肿成这样。惠善若无其事地说，一起工作的一个大姐在仓库摔了一跤，摔坏了股关节，还有位女同事因为脖子肿得厉害去了趟医院，结果被诊断为扁桃体癌早期……她不厌其烦地罗列了一大堆同事的遭遇,以致于他觉得妻子这样算幸运的了。

检验结果出来了,是腕管综合征,简单来说就是手腕周围的血管和神经出了问题。看他盯着X光片愁容满面,医生便说:

"不用太担心,这是很常见的病。"

医生接着说,还是得进行外科手术,但手术很简单,休息一两天就能痊愈。医生将桌上的台历转过来,朝向他们,让他们定下手术日期。

"哎呀,已经这么晚了啊?看我这脑子,差点忘得一干二净。"

惠善突然看了看手表,冷不丁说道。他扭头与妻子四目相对,她脸上写满了焦急,嘴里嘟囔道:

"今天是爸出院的日子呢。你要上班,智善也不能来,我特意调成了早班,上次调班也是因为忘记而迟到了,这下糟了。"

他还没说话,医生先开口了:

"那你们之后打电话约时间吧。我开了三天的止痛药,还有一副绷带,记得去药房取。"

他跟着惠善急匆匆地离开了诊室。

"赶紧打个电话吧,手都这样了,还上什么

班。"

"手术急什么，又死不了，以后再说吧。要迟到了，我先走了，回家再说吧。"

他在前台等待取处方时，惠善已经先行离开了。他看了眼拥挤的电梯，转身从安全出口的步梯走下楼。在楼道里的时候，手机响了。他还没接通，电话就挂断了。是部长打来的。他立刻回拨，对方没接，试了几次还是一样。到药房取了止痛药和绷带，出来时他发现外面下雨了。

8

他抵达公司时已经是中午了。

一条巨大的横幅挂在公司主楼的一楼大厅上方，宣告人事调动已经全部结束。他瞥了一眼横幅里"合作""牺牲""感谢""未来"等字眼，转身走向主楼后的三层小楼——那是工程组办公室所在的地方。

办公室里一个人都没有。

映入眼帘的是一些被拔掉插头的大型多功能复印机和电脑，还有一些装满办公用品的箱子。它们被聚拢在一起，堆放在办公室的一角。他慢悠悠地在办公室里转了一圈，发现保管作业工具的柜子和抽屉已经被清空，原本塞满文件的柜子也已经空荡荡。他走到窗前，一眼便看到停车场里的小型挖掘机、云梯车、高空作业车，还有大大小小的卡车，它们全都停在原本的位子上，一辆都没少。

他沿着走廊四处转了转，发现别的办公室也大同小异，还有几处连办公家具都搬空了。他走到一楼，发现不知何时连保安都换成了一个年轻的小伙子。

"办公室都空了啊？"

穿着制服全神贯注在手机上的保安听到后问他：

"您哪个部门的？"

他说自己是工程组的。保安便告诉他，这栋楼要改作客服中心了，一楼是客户服务区和业务办理区，二楼和三楼要建成图书馆和咖啡厅。装修要进行一个月左右，停车场也跟着搬迁。他刚在心里嘀咕了一句，放在办公室的私人物品该怎么办，又马上意识到，所谓私人物品不过是工作服、工作鞋、毛巾、牙刷、备用衣物和其他杂物，也没什么非找回不可的东西。

"今天是 PIP 培训最终考核的日子,所有人到主楼的大礼堂报到,您没接到通知吗?"

保安问了一句。

"我知道。"他回答。

再上岗培训结束后,公司照例进行考核,然后借机以一种温和的方式不厌其烦地劝诱员工主动离职,这点他是知道的。他走到大楼外,点了一根烟。雨还在下,他只能紧贴墙壁站在墙角。

"这里是禁烟区,不允许吸烟。员工也不例外。"

保安很快便追了出来。他记得绕到建筑另一侧再走几步便能到达吸烟区,正打算往那边走,保安又说话了:

"后面也一样。现在这周围都不能吸烟。"

他只好深深吸了一口后,灭掉了烟。

他在心里嘟囔着,为什么要找来一个什么也不懂的毛头小子当保安。

以前他经常和同事们聚在这里抽烟。禁止吸烟的牌子立在这里这么多年,从来没有人警告过他们。大家心里都清楚,他们这些员工,有资格偶尔放松一下。但如今,已经没有谁会在意他们的感受,或站在他们的立场上去思考什么资格不资格的问题了。

直到过了下午两点,他才终于见到了部长。两个人面对面坐了下来。

部长推门走进咖啡店时,头发被雨淋得湿答答的。他买了两杯咖啡,喝了一口,只觉得苦得要命。雨越下越大,过往的车辆驶过被雨淋湿的马路,嘈杂的声音传到了咖啡店内。

"忙得晕头转向,所以一直没接电话,让您久等了吧?"

部长边说边从信封里抽出几份文件,接着告诉他其他员工都接受了新的工作安排,转到别的部门了。

"新的工作安排?"

他实在想不到,这些与他同样干了十年二十年架线施工、设备安装和维修的同事,还能干什么新的工作。

部长没有正面回答他的问题,只是客套地问:

"您早上说有急事?都办好了吗?"

他说妻子不舒服,他陪着去了趟医院。刚说

完他就后悔了，觉得自己无缘无故说了些无谓的私事。

"虽然情有可原，不过您也知道，使用月休或请半天假都需要提前一天提交审批。这是公司的规定，没办法，最终都得计入考核。下次您注意，这次我想办法帮您处理。"

部长拿出了三份文件，调转方向推到他面前。

一张记录了培训天数、出勤天数、迟到早退等事项；另一张用表格记录了学习态度和最终分数；最后一张用数据和图表展示了他过去三个月的产品销售业绩。

15:07入场，迟到7分钟；8:12入场，迟到12分钟；

逾期提交报告2次；报告书不足规定字数3次；未携带培训用书3次；

揉眼睛；单手托腮；闭眼打哈欠；

挠脖子；喝水；看手机；摸脚……

他盯着纸上这些事无巨细的记录，觉得有些背脊发凉——这也太过分了。

"您也看到了吧,分数不太好看啊。"

部长指着第三份文件说道。这份销售业绩评价报告只是罗列产品名、价格、性能和优点,并没有可供参考的业绩。

"您几乎没有业绩。"

他静静地听着,没有说话。这已经不是第一次了。自从几年前第一次被评为低绩效员工,他就反复地接受培训,然后反复地在培训后听到这类警告。

"我也不知道该说什么了,您的分数几乎垫底。"

部长放下手中的文件,拇指摸着桌角说道。

"您应该知道自己是重点考察对象,也知道这是最后一次培训了。单从评价表来看,完全没有任何改善的迹象,我也是爱莫能助啊。"

其实他很想问,过去二十六年间,他负责的一直是立通信杆、拉电话线、搭设网线等现场工程,这到底跟经营、销售有什么关系。话到嘴边还是咽了下去。他也问不出口,为什么要让他读书,写读后感,看培训视频,写培训报告,背晦涩难懂的经济学术语,还要学习各种复杂的数据计算;这对于一个活跃在一线几十年的技术工人来说,到底意义何在。因为他不止一次目睹了，那些非要辩出是非对错的人，被边缘化，最终离开了公司。

"是，我知道。"

他也就只能如此简单地回答。

"跟您说这些真是抱歉，也感谢您的体谅。如果您需要时间考虑，还可以宽限几天。但您也知道，这个条件不差了。年轻的嚷嚷就业难，年长的又要求退休保障，公司哪能面面俱到，满足所有人的要求呢？而且您也知道，早几年外资企业涌入，抢了好多顾客。当然我也不是帮公司说话，就是给您说明客观情况。"

他刚想说些什么，部长便露出为难的神色，嘴里念叨着，自己也不过是一名员工，为什么这种活儿要交给自己来做。还说自己是两个孩子的爸爸，年纪小的今年刚上小学，如果没有管理好低绩效员工，自己也得跟着受处分。说的时候，部长刻意回避他的眼神。只在最后一刻抬起头，注视着他的眼睛。

他点了点头。

不过这并不是认同的意思，他觉得有些恶心，部长把私人处境当作操纵人心的工具，借此道德绑架，堵住别人的嘴，手段太过卑鄙。

他很想毅然决然地接受部长的提议，之后头也不回地离开咖啡店，但他努力控制住了自己的冲动。他不敢确定，现在的自己是否正被一种单纯的愤怒所控制——事实上根据他的经验，从来没有什么情绪会不掺杂其他情感单独存在。但他不明白，为什么每次火山爆发般的愤怒都会在蔓延的过程中渐渐被稀释，最后变成一种类似怜悯和体谅的情绪。

"我明白。"

他简单地回答，一副事不关己的样子，呆呆地望着桌上的三份文件。过了许久，他才抬起头，缓缓问道：

"如果我拒绝的话，会被安排到什么岗位？"

第二章

1

人事调动通知下来了，他被分配到另一个区的产品销售部。

从小区开车出来，到达国道入口就需要花费四十分钟。行驶在双车道国道，一开始还能看到一家家大型家具直销店整齐地排列在公路两旁，但很快只剩下几座孤零零的塑料大棚，放眼望去空荡荡的，尽是荒地。

路的尽头，有一座桥。周围的道路扩建工程已经进行了好几年。由于各个方向都只有一条车道，这里常常堵得水泄不通。最初几天，他竭力克制自己，不跟那些突然加塞、胡乱变道的司机一般见识。但没过几天，他也开始像其他人一样强行加塞，用持续刺耳的鸣笛声表达自己决不让步的态度。

新的工作地点是客运站附近的一家区域销售中心。

"就是这里,区域销售中心。您是来报到的吧?"

上班第一天,门前一个斜坐在摩托车上的男子一眼便看出了他的来意。男子头上扎着长长的金黄色头发,要不是脸上没刮干净的青色胡渣,他会误以为那是一个大块头的外国女人。看他东张西望的样子,男子伸手一指说道:

"就是这里了,区域销售中心。不过也就名字好听,中心个屁。之前新来的一个主管在哪里写了'销售中心'几个字,你找找,看还留着没。"

男子指向一间连招牌都没有的办公室。透过铁艺百叶窗,可以看到办公室的内部:一套单人桌椅、一个小型冰箱、一台迷你加热器、一叠资料、一台打印机,还有一台电脑和一部电话,又窄小又昏暗。

"您这是第一天,所以才来得这么早吧?太早啦,没必要。组长迟到就跟吃饭似的,有时候得晚个一两个小时呢。为什么呢?因为那个王八蛋的工作内容就是给我们找事。我们可是一分钟都不能晚,不然他转身就给你上报了。"

男子咧嘴笑了笑,问他要不要喝咖啡。清晨室外有些寒冷,男子说话的时候呼出一口白气。他还没说什么,男子就径直走到旁边的便利店,买了两罐咖啡回来。咖啡很烫也很甜。

很快又来了三四个人。

站在销售中心紧闭的铁门外,他们互通了姓名。但他转身就忘记了男子的名字。再问的时候,男子说"大明",接着告诉他,大明是地名,是男子负责的区域。

"你没去过大明港吧?那可是个好地方。有很多生鱼片店,海水也很清澈。在那里喝上一杯烧酒,那叫一个畅快。但不适合我们做销售。游客特别多,中国人,日本人,都有,最近还多了好多东南亚的游客。沟通都沟通不了,销售个屁!你喝酒吗?"

这时,站在旁边的几个人纷纷报了自己负责的区域,嬉笑着。上马、石井、马松、葛山,他默念着这些陌生的地名,努力将它们和每个人的脸联系起来。

销售中心的组长整整迟到了四十分钟。

"我叫林永硕。各位每天上班都要先到这里打卡,然后就可以前往各自负责的区域了。下班前回到这里,做好记录,完成报告。大家都知道自己负责的区域了吧？从这里到这里是严管区。"

穿着军用夹克上班的组长指着墙上的地图，简要说明了大致的区域、范围和界线，接着给他们发了一叠资料，其中几份明确标识销售配额，还有一些广告单和商品简介。

"工资大家也都听说了吧？第一个月发基本工资，第二个月开始就会根据各自的销售业绩有所浮动。具体的大家可以咨询总公司。商品名称和说明可以参考这个商品手册。这里是合同还有同意书，请大家看完后签字。"

组长噼里啪啦说了一通，跟机关枪似的。他听得云里雾里，懵懵懂懂地按照要求在几份文件上签了字。大家都签完字后，组长抬手看看了下手表说道：

"已经这么晚了啊，接下来大家只要出门把产品销售出去就行了。"

"这是要我们干什么、怎么干呢？"他问道。

组长笑着说：

"您是来做销售的，当然要出去卖东西呀。把东西卖出去就行。销售这东西，说麻烦也没那么麻烦，做着做着就顺了，熟能生巧嘛。您去问问外面的几位吧。"

他抱着一叠资料,被组长半推着送了出去。大家凑在一起,站在销售中心门口,他也站了过去。天气很好,他盯着脚下黑漆漆的影子,回想刚才组长说过的话。然而他什么也想不起来,也不知道自己究竟要做些什么、怎么做。他站在这群从容不迫的人中,翻看手中的资料。在他眼里,这群人都是身经百战的将士,脸上毫无惧色。

"哎呀,您就出来吧,您先出来!"

过了不知多久,他看到那个负责大明的男子将头探进销售中心,催促一个迟迟不愿出来的女子。门开了,里面的声音清晰地传了出来,是组长和女子的对话:

"姐,那您说我能怎么办?上面让我干什么,我能不干吗?"

"不是,人都没有,你让我去那里做什么销售?有人我才能推销吧?你让我卖什么都好,那地方得先有活人啊。没人我去卖什么?林组长,你不也清楚那里的情况吗?你怎么能这样对我呢?啊?"

"您这么跟我争辩又有什么用呢?您不如直接去跟总部说。"

"什么狗屁总部不总部的,张口闭口都是总部,总部到底在哪里?负责人是谁!天天嚷着总部,结果屁都见不到。"

一番争执后,女子走了出来,额头上青筋暴起,气还没消下去。女子看了他一眼,又大声说道:

"你们说说,这是什么世道?现在水库都能卖了吗?不得了。买了水库的人现在要把附近的人都赶走,整得鸡飞狗跳的,让我去那里做销售,销售什么?好歹给我换个销售区啊!都要拆迁了,让我去那里推销什么商品啊?得有活人啊。没人你让我推销给谁?推销给水库里的鲶鱼吗?"

最后让女子心情平复的是负责葛山区域的男子。

他后来才知道,葛山位于山脚下,周围只有三四个小仓库,除此之外一片荒凉,只有管理山上墓地的看山人和前来挖草药的人会在此短暂休憩。葛山男子仿佛早已看开了,边给她按摩肩膀,边微笑着劝她,接着领她往停车场走去。大家纷纷散去,前往被安排的区域。他依然摸不着头脑,但也只好随着大流出发了。

将组长发给他的资料放在副驾驶座上,发动汽车时,他恍然明白,自己不是被安排了新的工作,而是被排除在所有工作之外。直觉告诉他,这是公司设下的一个试炼场,而自己正身处其正中央。

2

一周后的周六晚上,惠善在门外叫了他一声,随后走进房间关上门,递给他一封邮局做了妥投证明的挂号信。

"201室租户寄来一份书面通知,说房屋漏水要搬走,让我们给他们退钱。"

为了解决201室天花板漏水的问题,他两个礼拜前请施工队到301室做了防水补漏工程。施工队拍胸脯保证,一定完美解决。没想到施工后问题依旧。虽然施工队承诺会尽快返工,但迟迟不见动静。

他们夫妻俩根本没有什么闲钱,没办法给租客退那么一大笔全租金[1]。他岗位变更,工资缩水,

---

[1] "全租金"为通俗叫法,正式写法为"传贳金"。在韩国租房,除了可以按月付月租以外,还可以一次性支付一笔大额"全租金"(一般是房价的30%以上)作为押金,借此减免月租,该费用将在退房时全额返还。——译者注

银行几乎不可能给他贷款,即使钱贷出来了,利息也会压得他们喘不过气。

"下周末先去看看吧,会有办法的。当面跟他们好好商量商量。"

他盯着手中的那张纸说道。可是到了周六,真正见到201室的租户,双方面对面坐下来的时候,他才意识到解决这件事情远比他想象中要困难。

即便他们承诺一定会解决漏水问题,租户夫妻还是丝毫没有让步。过了好一会儿,男租客开口说:

"我这么说您别介意,但这栋楼真的太多问题了。先别说漏水了,阳台的积水也经常排不掉,下水道的味道还很大。上次连日下大雨,外墙的砖都掉下来了,差点出事故。这些我不说您可能都不知道。"

话音还没落,女租客就抢着说:

"而且我怀孕三个月了,正是要万事小心的时候。但每天凌晨楼上都闹哄哄的,吵得人根本睡不着。白天附近的工地也在施工,噪声那么大,也没法睡。"

惠善刚想反驳,就被他拦下了,他想让对方把话说完。租客夫妻说，他们也清楚，这栋楼本来就比较旧，租金也确实比周围便宜，但是漏水的房子真的住不了，希望能够尽快退房，拿到全租金。租客夫妻说完后，一阵沉默犹如乌云重重地压下来。

"我也住过漏水的房子，情况我都明白。能修的话我们怎么可能不给你们修呢？问题是漏水的位置在客厅，我们总不能跑到楼上把人家的客厅地面都撬开吧？施工人员也说了，上次是暂时先把阳台的问题解决了。而且他们承诺，到了周一，无论发生什么事，都会重新施工，你们再坚持一下。我们也实在一下子拿不出那么多钱。"

最终还是惠善打破了沉默。

惠善还说，当初买下这栋楼时向银行贷了款，合同规定，日后租户要退租的时候，所有的全租金和保证金都由他们承担。现在光还贷都紧巴巴的，而且楼买下还不到一年，想卖都卖不了。她的语气里充满了哀求。

惠善四处奔走几个月后最终选中了这栋小楼。租金收入稳定，而且这栋小楼最快十年就会改造拆迁，更重要的是，楼价比周围便宜些。

"我想请问在场的各位，有谁觉得光靠每个月的薪水就能买房?有的话现在可以离场了。有人可能觉得我在危言耸听。你们想想看,身边是不是有很多人都咬紧牙关借钱买房、买楼?是不是都过得比自己强?现在不都说房地产要完了,要崩盘了吗?这种话五年前、十年前就有人说了。但真正聪明的人,根本不信这一套。"

他回想起去年冬天参加某个房地产投资理财讲座时听到的这段话。

那天的讲座参与人数远超两百,很多没有座位的听众都蹲在过道上。他和妻子坐在会场出口附近。当天室外气温低至零下十度,会场里却有些闷热。每当拥挤的人群中有人调整坐姿,就会闻到阵阵汗臭味,掺杂着一股霉味。

自称是投资专家的讲师在巨大的荧幕上打开一张地图,将地铁和轻轨的路线叠加在上面,详细介绍城市的开发规划、旧城改造等信息。现场的听众都屏气凝神,生怕错过了什么重要信息。他们也不例外,视线紧紧跟着讲师,一刻不敢松懈。两个小时的讲座结束后,他俩也与其他听众一样被勾住了魂,要与讲师一对一谈话。支付了贵到离谱的咨询费后,他们足足等了三个小时,才跟讲师面对面坐在一起。

"不过,过日子还是得量力而为吧?该是怎样就怎样,保险一点。"

惠善问道。讲师正对着电脑屏幕上的地图,向他们推荐各区域的重点楼盘、小公寓和多户型小楼,听到这里,回答道:

"您要是量力而为,现在怎样,一辈子就还是怎样。但您来这里不就是为了改变现状吗?"

讲师的话让原本犹豫退缩的他一步一步陷了进去。

他想到同事们经常提起,老同事韩秀七年前退休,靠贷款买了两套房,现在手里还有一栋五层的商业楼。他觉得现在总算轮到自己了,他不想坐失良机。他像一颗气球,在讲师的鼓吹下,胸腔里充满了憧憬和野心,理智什么的,大概就是在那时消失了。

女租客的声音一下子把他从回忆中拉了回来,他努力睁大眼睛。

"如果明天的施工能解决问题的话,我们就先住完这个冬天。但是,浴室漏水的问题要给我们处理好。然后楼上的住户需要你们去联系。"

长时间的沟通后，201室的女租客终于妥协了。

得到了想要的答复，他和惠善才起身离开。回家路上，俩人都没有说话。离家越近，他就越发有一种如梦初醒的感觉，那些被称为"现实"的东西慢慢具象了起来，清晰地出现在他眼前。

3

还没到八点，他就到了销售中心。打完卡，又马不停蹄地赶往黔丹。

黔丹是一个工业园，汇聚了很多小型工厂，周围只有三四家小餐馆和零星几家商铺。他把车停在路边，走进巷子。巷子上方是巨大的排气扇和铁皮屋顶，灰尘和刺鼻化学品的味道扑面而来。

在工业园，很难把网络、电话、有线电视之类的商品销售给个人。而与工厂里负责通信业务的部门负责人取得联系也不容易；就算联系上了，对方也没理由放着现在好好的服务不用，跟他签订新合同，采购在价格和性能上都没有优势的新产品。

他像个无业游民，在工厂附近四处转悠。

半个月后,他才鼓起勇气在电线杆和墙上贴小广告,向工厂的保安或是路过的员工发传单。又过了几天,他开始结结巴巴地向路人介绍商品的优点和各种优惠。

"价格没什么区别嘛。这样的话谁会费劲换新的啊?"

"不是说最近送赠品都直接发现金了吗?没有吗?"

"要是中途解约,要交多少违约金啊?"

几乎没人愿意听他介绍完,总是听到一半就打断他。遇到那些不苟言笑的人,他瞬间表情僵硬,身体紧绷,半天挤不出一句话来。每每这时,他只能埋头翻商品册子和资料,好像真能从中找到一些搭话的线索。

"哎哟喂,看把你难的。那些张口就来的都不一定有人听呢。像你这样一边查一边念的,还做什么销售啊?"

每次听到类似的嘲讽或好心的建议,他都觉得自己好像什么都不懂,什么事都做不好,浑身泄了气。身体里有什么东西裂开了,碎成一片一片。他开始怀疑、自责,觉得自己似乎是一个没用又可悲的人。

尽管如此,他仍从早到晚坚持工作。事实上,他除了在显眼的地方贴上小广告或产品清单,和路上遇到的每一个人点头打招呼,似乎也没什么能做的了。但渐渐地,最初只是礼貌性回应的路人开始向他敞开了心扉。

"来得挺早啊!"

——开始有保安主动跟他打招呼了。

"吃饭了没?"

——也有一些工厂员工会跟他寒暄了。

他帮食品工厂装卸货物,替快递员投递包裹,帮工地食堂组装简易桌椅,主动给人整理机械设备下乱成一团的电线,还花几个小时帮人更换爆掉的卡车轮胎,甚至爬上工厂的屋顶去修理坏掉的出风口。

一开始,他的善意和热情并没有给他带来实际的销售业绩。他谨小慎微,尽量少说话多办事。因为他无心的一句话引发误会,让他与别人的关系变得比之前更加生分,在之前的人生中发生过好几次。他一心只想着,只要他能做的,他都愿意去做。而也只有抱着这样的决心,他才能够坚持下去。

"大叔，大叔！Wi-Fi 会吗？你会弄 Wi-Fi 吗？"

一个周六的中午，停车场围栏内侧，一个瘦巴巴的小伙儿叫住了他。那时他正在一家关闭的工厂门前贴广告。小伙儿的韩语说得一字一顿的，不怎么流利，脸上却充满了活力。看他朝自己走来，小伙儿打开了停车场的简易门，示意他进去。

"Wi-Fi 不行，你会修吗？"

这是一家加工木耳的工厂，木耳从中国进口再烘干卖往韩国各地。偌大的厂区后面是员工宿舍。他跟着小伙儿经过一段仅有一人宽的小道，看到一个个集装箱向两侧铺展开来。每拐一个弯，过道就变窄了一些。走了好一会儿，小伙儿打开了一个集装箱的门。这个由集装箱改造而成的房间里只有一张床垫、两个塑料收纳箱、一个晾衣架和一张小小的桌子，空气中有来自某种香料的辛辣，混杂着一股肥皂的味道。

他猫在桌子下检查路由器和调制解调器的时候，小伙儿用略显生疏的韩语告诉他，自己是中国人，从重庆过来的，现在急着跟家里视频通话。他很快便查出是路由器的问题，路由器的外壳都发黄了，不知用了多久。

他对小伙儿说,路由器太旧了,而且这么多人用一条线路,速度难免会变慢。但他说的小伙儿几乎都没听懂。他从车里取来一套工具和一个从别人那里回收来的二手路由器,换了上去。为避免网线绕得太长,他还在窗框上凿了一个孔,理顺了线路。小伙儿一直焦急地注视着他,直到看到电脑可以打开网页后才松了口气,说了声谢谢。

回来之后他才有些后悔,应该顺便向小伙儿推销宽带。

但这样的事周而复始。外国小伙儿们住的集装箱因为太过老旧,漏风严重,他上门帮他们把漏风的地方都用硅胶补上,用隔热材料将门缝和窗缝填好,还为他们绑了一条晾衣绳,之后又用多余的复合板为他们做了一组鞋柜和架子,甚至把老旧的自行车和坏掉的晾衣架都修好了。虽然他偶尔也会后悔,觉得自己是不是浪费太多时间在这些没用的事情上,但很快他又拿起工具,跟着说话一字一顿的小伙儿们忙上忙下。

越是周末,这些请求就越多。

"好人""大善人"——小伙儿把他介绍给同事们的时候这么称呼他。小伙儿的名字叫阿超。每到周末，阿超都会在空旷的停车场踢球，与附近工厂的青年们聚在一起，组队来上一场比赛。赛事正酣，踢得大汗淋漓的时候，能看到他们击掌庆祝，听到他们用自己的母语高喊着。鞋子击打在水泥地上，发出欢快又充满力量的声音。阿超常会为了堵截飞过来的足球重心不稳摔在地上，但很快又会站起来，朝球的方向飞奔而去。这常会让他觉得，眼前的这些小伙儿并不是因家境贫寒来韩国赚钱的外籍劳工，而是坚强、健康、充满斗志、热血沸腾的青春本身。

"阿超！注意看球！"

就在他可以如此不见外地喊出阿超名字的时候，机会来了。

他向附近纸箱厂的女工卖出了一个宽带加电视套餐。这让他意识到，销售本身是一份需要投入大量时间和精力的工作。你想要卖出一件东西，必须先证明自己是一个对对方有用的人。人们购买的也不是一件单纯的商品，而是长久以来投入的时间和一份值得信赖的关系。而这就是他用亲切和善意换来的回报。

他在两天内填好合同，提交给林组长。

那是他被调到销售中心后的第二个月。十二月,他如约收到了公司承诺的基本工资。

4

这件事一度给了他很大的信心。

于是他自费制作了新的宣传页、横幅和名片。印刷时特地放大了优惠条件和价格,还把晦涩难懂的专业术语换成了简单明了的大白话。放在过去,这些横幅和宣传页不到一天就会被撕毁、拆除,现在过了一周都还完好无损地贴在原处,老远就能看到他的电话号码。

"宽带大叔"——这是现在人们对他的称呼。

虽然还是有很多人拜托他做一些与销售业务无关的事情,但渐渐地,开始有很多商铺的老板向他承诺下个月或明年找他签约,保安们会邀请他到有些狭小的办公室里坐一坐,吃些茶点,有些工厂的员工会主动告诉他管理层的办公室房间号和联络方式。

"挺厉害呀你,都把网络卖到那里了!你跑业务还挺有天赋的嘛,你自己也没想到吧?我就说嘛,只要逼自己一把，就没什么干不成的。"

这天晚上，大明男子猛夸了他一顿。

"什么逼自己一把没什么干不成的，我负责的那个地方啊，好像要把水库填平建骨灰墓园了，你说我是不是得准备去卖手机给死人了？你们说说看，我能卖出去吗？"

水库女子已经喝得有些上头，听到这里咯咯地笑着说道。

其实从一开始，这份工作说得好听点儿叫跑业务，事实上就是把一群没有学过销售、没有销售技能的人赶到一个没有购买需求的地方，逼他们想办法把商品和服务卖出去。他觉得自己像一只被捕兽夹死死钳住的困兽，却不知道自己为什么会落入这般田地。想到这里，他竟有种身临其境的感觉，身子不由自主地微微颤抖了起来。

究竟是为什么呢？

他这么多年来一直在总部的工程组工作，学习新东西比较慢，也不太懂得同时处理两三件业务的诀窍。但他对自己因长年操作同一类设备而熟练掌握的技术，还是颇有自信。而且他敢拍胸脯保证，自己从来没有在工作中耍滑头，偷懒。

当然，他并不是常常会陷入这种困扰。以前的他从来没有思考过，公司以及在公司里度过的岁月对自己来说究竟意味着什么。这些就像呼吸和吃饭，是稀松平常又自然不过的事情。

非要问原因的话，莫非……莫非是因为自己太过木讷，总是一副漫不经心的样子？如果那时的自己在待人处事上能够圆滑一些、精明一些、反应快一些的话，情况会不会有所不同？但就算让自己回到当初，他也说不清楚自己还能够在什么时候做些什么。不对，说不定是真的犯了什么不该犯的错误，自己却不记得了。他试图在脑海里搜索自己可能无意间犯下的过错，陷入了沉思。

"原因？那可多了去了。我不是留着长发嘛，他们说这样会让顾客感到不舒服什么的。还有一次我穿着白皮鞋上班，他们又说这样看起来像混混。都是些王八蛋！我怎么呼吸他们是不是也要管管？"

大明男子刚说完，水库女子就接过话说道：

"太过分了！那他们给了我们什么好处吗？你说呢？还是过去好啊，没人指手画脚，就算一天不在办公室也没人知道。工资一年跟着一年涨，单位还给你攒退休金。我想着这么熬到退休,就可以领退休金过日子了。你们说呢?"

他没有搭话。

他并不想这样全盘否定自己过去的积累、收获、期待和希望,以及自己经历过的岁月,也不愿意否认正因为有这家公司才有今天的自己。他更没有勇气承认,他为这家公司付出的时间和心血到头来都是毫无意义和价值的。

"我说的不对吗?把我们压榨完了就扔了呗,不是吗?"

水库女子抱着胳膊,满脸嘲讽地说道。葛山男子没有说话,只是跟着笑。他敷衍地点了点头,然后拿起烟盒向外走去。外面一片漆黑,刚过晚上八点而已,路上却只剩三四个在便利店前晃荡的青年,而且还是几个穿着宽松运动服的外国人。

"这世道啊,人心险恶。把我们的血抽干喝净了,就想让我们滚蛋,不是吗?"

"你以为只有这里是这样吗?都一样,哪里都一样。都是些王八蛋,损人利己的事一个比一个学得快,天下乌鸦一般黑。"

"对啊,好事不学,坏事都学得挺快的。你们说为什么呢？嗯？为什么呢？"

男声女声，高的低的，透过门缝听得一清二楚。他有些抗拒地倒退了几步，心里有些不解。再怎么说大家也都还是这个公司的职员，怎么能够像个外人一样尽说些公司的坏话，把公司贬得好像一文不值呢？

挖苦讽刺不难，难的是心怀信念，沉得住气，尝试去理解、去感悟——他这么告诉自己，试图以这样的方式在自己和他们之间划清界限。他甚至觉得，正是他们这种性格才让他们落到今天这步田地。但几次深呼吸后，他突然醒悟，自己的处境跟他们并没有什么不同。

但他依然坚信自己和他们不是同一类人。他从来没有以这样的方式贬低自己的公司，否认自己在公司里度过的岁月。那是一种难以用语言描述的情感，不是什么责任感、归属感，也不是什么所谓的认同感。但可以肯定的是，他对公司的这份情感是坚固的、屹立不倒的。但他也想不明白，自己为什么会如此轻易地被这些无谓的对话伤了自尊。他不想放任他人诋毁他长久以来的坚持和想要守护的那一份价值。

他回到自己的位子，收拾好物品，准备离开。

"我说啊，你也别瞎折腾了，反正再怎么努力最后还不都是一样被赶出公司。这不是明摆的吗？你也不是不明白，何必硬撑呢？"

他逃也似的离开了餐馆，似乎要以这样的方式将大明男子的话甩在身后。冷风吹在他涨红的脸上，他把夹克的拉链拉到顶护住脖子，双手插在口袋里，缓缓朝着车来车往的大马路走去。

5

第二年的一月，因为没有业绩，他的工资一下子少了三分之一。

刚被调来的时候降过一次，如今再降，更是雪上加霜。他和惠善不得不在接下来的一个月里绞尽脑汁规划新一年的家庭开支。

毫无疑问，开销的项数和规模远远超出了他们的预算，对于可以削减、必须削减的项目，他们的意见并不完全统一。沟通过程中，他们都非常小心谨慎，生怕影响家庭和睦。一次次妥协后，他们决定取出原本为俊吾上大学攒下的定期存款、为他母亲八十大寿准备的每月定额储蓄，再停掉他们未来一年的保险，用这些钱给明年上高二的俊吾交学费，偿还房贷一年份的利息，多余的用于修缮老家的房子。

不久后，他接到了林组长的电话，对方说要跟他聊聊。

出发前他带上了自己制作的新广告传单和名片，想要以此证明自己为工作拼尽了全力。

"听说几周前你去外国劳工的宿舍给他们换了路由器？是中国人住的集装箱对吧？你帮他们把路由器给换了？"

傍晚他刚回到办公室，林组长就问起了这件事。

刚过七点，外面已经漆黑一片，跟大晚上似的。他在墙上的出勤表上填写了下班时间，又在业务总结簿上签上日期，回答道：

"啊对，路由器。是的，我想起来了。"

他握笔的手冻得有些僵硬，不听使唤，他把手握紧又松开，握紧又松开，让它重新活动自如。林组长问他为什么要给他们换，但是屋里暖风扇的声音太大，他一时没听清。

"我问你为什么要给他们换!"

林组长又问了一遍,他条件反射地回头,望向林组长。他意识到组长的话并不是简单的疑问,更接近一种质问和斥责。

"你动脑想想,是你的业务范围吗,你就做?你总是私下给别人办事,你让当地的维修工人怎么办?他们是按维修件数领工资的呀!你得让客户通过正式渠道要求维修啊!"

他犹豫不决不知该如何回答,林组长打开抽屉,拿出一份材料。看来是有维修工人投诉他。他解释说,那天是周六,外国小伙儿急着跟家人视频、与朋友们联系。而且,这也算不上什么"维修",也就是帮他们把旧的路由器换掉而已。他甚至反问了一句,路由器本来就是要求客户自行购买的,不是吗?

"你这也不是一次两次了啊!你不是还给他们调了电视天线和网线吗?我一开始就告诉过你,不是你业务范围的事你别干。"

没想到就连这些鸡毛蒜皮的小事,林组长都扯了出来。

在他看来不过是举手之劳罢了,根本不值一

提，怎么到了林组长口中却好像成了滔天大罪？就这么一点事，值得大动干戈吗？疑惑在他心里很快变成了怨愤，他很想反问一句，如果这种事都不让做的话，怎么跟客户打好关系？怎么获得客户的信任？怎么把商品和服务销售出去？

"总之，不是你的业务就别插手。这么基本的要求还做不到吗？大家都是这么过来的。做好自己分内的事是对他人的尊重，懂吧？守好本分，不要在别的地方整些有的没的。我就说这些，你自己注意一下。"

随后，林组长又补了一嘴：

"以后关于公司内部的事情也少说为妙。"

笔尖上渗出的墨水沾满了他的指尖。他盯着自己的手看了好久，好不容易才压抑住从心底涌上来的那种说不清道不明的情绪。

"什么公司内部的事情？"

过了好久，他才开口问道。组长说：

"就那什么呀，你不是跟别人说你以前就干的维修岗吗？你觉得别人听说一个维修工跑来做销售会怎么想？还不得觉得公司故意刁难员工吗？"

他重新拿起笔，开始填写业务总结最后的部

分。起起落落的笔尖敲击着纸面，发出"嗒嗒"的声音。不知道是不是因为手太过用力，墨水晕开了，在字间留下鲜明的污迹。他把写好的总结递给组长，又把带来的宣传海报和几张传单摆在桌上。

"我不知道您听到了什么，但我并没有这么想。怎么会有人说公司故意刁难员工这种话呢。总之我明白了，我先回去了。"

林组长正在用纸巾专注地擦拭显示器屏幕，他便微微鞠躬，离开了办公室。他用手掌捂着涨得通红发烫的脸颊，朝汽车走去，呼出的气在空气中凝结成一片片白色的雾。直到坐在周围一片昏暗的驾驶座上，一种强烈的屈辱才涌上心头，一种他深藏在心底不愿揭开，却无时无刻不在撕扯他的情绪。

没过多久，他真切地感受到了林组长话里的深意。

他销售出去的宽带不断地出差错——网络信号时强时弱，Wi-Fi 信号时有时无。

"大叔，星期天网络用不了，断了一会儿，现在好了。"

纸箱厂宿舍的女工们一开始也没有特别放在心上，但随着电视频道减少，网络一天能断好几小时，各种大小问题接连不断，她们也不得不找上门来。

"这个问题我也解决不了，你们得报修。打这个电话，就说出故障了。"

但别说上门维修了，连报修都没有被受理，今天拖明天，明天拖后天。直觉告诉他，维修工人觉得自己抢了他们的工作，于是故意拖延，以此作为报复和警告。随后他发现有人故意拔掉了信号杆上的端口，这恰恰证实了他的推测。

"你说好用的啊，都是骗人的，一直出问题。"

阿超一群人也一直追着他问，但是除了告诉对方去报修，他什么也做不了。

"为什么修不了？你不会修吗？"

他告诉他们，维修的事情现在不是他的职责范围，如果越权干了多余的事情，他要受到处分。但他说的这些，外国小伙儿们自然是听不懂的。

于是他与阿超一群人的关系渐渐疏远。

他每次跟他们打招呼，都能感受到对方在刻意回避他，只有在万不得已时他们才会回应。有时他们笑闹着走向小餐馆，一看到他便不约而同地沉默下来。才不过几周，他在人们心中已经变成了一个买卖做成便翻脸不认人的家伙。他不知道他人对自己的误会究竟有多深,心情因此阴晴不定,起起落落。

他只能试着安抚自己躁动不安的情绪。

但有的情绪总是挥之不去,例如他也不知道他们是否会、何时会打电话给客服,要求取消业务。这种担忧一直纠缠着他,直到入睡。

大家是不是都对他充满抱怨?是不是再也没有人信任他了?是不是以后业务都做不成了?是不是自己已经对公司毫无价值了?是不是正好给了公司一个解雇他的完美借口?……这些想法不停地将他推向不安的深渊,深夜里他无法入睡只能整夜盯着天花板发呆。

一月末,他等来了人生第一份业绩考核警告书。

6

农历新年假期前两天,一个周六,他突然听到了宗圭的消息。

那时他正在小楼的楼顶,清理挡住出口的花

盆、椅子、坏掉的风扇和狗窝等杂物，还打开了一罐防水油漆，准备给楼顶一侧的地面补一层漆。

电话里的声音模糊不清，他以为是谁打错了电话。

"李宗圭，李宗圭！"

对方敞开嗓门说道。电话是宗圭的妻子打来的，简短地告诉他宗圭病危住院了。语气如此平静，平静得似乎在说一个陌生人的事情，他瞬间不知该如何反应。

"什么时候的事？"

他问道。宗圭的妻子说：

"昨天早上。太突然了，顾不过来，所以今天才给你打电话。"

他告诉宗圭的妻子自己马上赶过去。正值农历新年，火车票都卖光了，他只能和很多同样买不到票的人一样，倚靠在车厢之间的过道上。窗外的城市被一层灰蒙蒙的烟雾笼罩。列车通过一座铁桥后开始加速，将城市远远地甩在身后，接着穿过一片荒凉的旷野。随后映入眼帘的是连绵起伏的冬日荒山，山上的树木光秃秃的，只剩下枝丫。

他和宗圭是同时入职的，一起在总部的工程组工作了十五年。

他们见证了彼此成家立业的过程，分享成为父亲的喜悦。宗圭调到其他分部后，头几年他俩还保持联络。生活的步调渐渐变得不同，见面的次数也越来越少，常常说见一面、见一面，却始终无法如愿。即便如此，他们之间依然保留着某种信任与感激，那是在悲喜与共的岁月中沉淀下来的情谊。

他竭尽全力让自己的思绪停留在宗圭的事情上，以免鬼打墙似的不断想起自身的处境，被焦虑和恐惧包围。现在宗圭的事更重要！他试图思考宗圭的伤势究竟有多重，该如何安慰宗圭的家人，但脑海里却总是一次又一次地浮现公司发给他的业绩考核警告书。如果这个月还是没有业绩，他就会收到第二份警告，再这样下去就有可能会有第三份，最后只能接受工作地变更或调岗。

一路上，他太过沉浸在对下个月、下下个月的担忧中。直到亲眼看到宗圭，他才真正意识到究竟发生了什么。

宗圭的伤势非常严重。

"李宗圭。"

如果不是医院护工给他指了指贴在病床前的

名牌，他根本认不出来。但这似乎并不单纯因为宗圭的脸上、胸前、四肢都严严实实地缠着绷带，也不是因为绷带上微微渗出的血迹和黄色的污渍……他的心脏好像被某种钝器重重锤了一下，让他脚下一软。他扶住病床的护栏，慢慢低下头，凑到宗圭的耳边说道：

"宗圭啊，宗圭……我来了。"

他的嗓子好像被什么堵住了，声音有些嘶哑。过了好一会儿，宗圭紧闭的双眼张开一条缝，嘴里好像刚嘟囔了一句什么，身子就突然止不住地抽搐，仿佛下一秒就会有一团黑烟从那张开的嘴里一涌而出，带走身体所有的温度和气息。

护士赶过来，他却逃也似的离开了病房。他在医院的过道来回踱步，很想找个人说几句话，随便什么人，随便什么都好，可是没有机会。护工是外籍人士，韩语很生疏；宗圭的妻子傍晚下班后才能过来。他呆坐在病房门口冰冷的椅子上，不知坐了多久。

直到有人跟他打招呼，他才发现天色已晚。

"你来啦？宗圭怎么样？你进去看过了吗？"

来的人是韩秀。

韩秀离开公司后,他们再也没见过面。只是听说他贷款买了房,还买了一间商铺,用收回来的租金投资,赚了好大一笔钱。韩秀刚走进病房,尚贤也来了。许久未见,有些生分,他尴尬地跟老同事们打招呼,始终没有勇气再走进病房。

"我也不知道为什么会变成这样。他退出工会后,我以为他已经放弃了。谁知道那天早上他又跑到办公楼前。警察说了会调查,但是你们也知道,他们还能调查出什么呢?宗圭压抑不住内心的愤恨,走到这一步。"

宗圭的妻子语气很平静。她原本就不爱说话,脸上总是带着羞涩,聊天时常常只是淡淡地笑着,或微微点头应和。然而,她现在几乎可以说是面无表情,似乎所有的生机和活力都蒸发了,只留下一片荒凉的沙漠。他看着宗圭的妻子,心里很不是滋味。

"大伙儿一点心意,就当贴补家用。"

他和同事们凑了一笔钱递到她手上,她也只是点了点头。她眼神涣散,找不到焦点,像一个没有灵魂的人偶一样把他们送到电梯前。

他和老同事们在医院正前方一家专卖醒酒汤

的小饭馆坐了下来。汤端上来后,他像一个饿了几天的人,迫不及待地将又辣又咸的汤一个劲儿地往嘴里送。他害怕自己一旦停下筷子,就会忍不住说出一些无法收场的话。

"你最近工作怎么样?是在哪里上班来着?老说老忘,也不知道是不是年纪大了。"

尚贤一边给他满上酒杯,一边问道。

"老样子呗,在哪里上班还不是一样。"

他随意搪塞了过去。就在这时又来了两个后辈,他便顺势闭上了嘴,默默听着席间的对话。

话题从多年前一直聊到当下,转换得缓慢又不着痕迹。可等他稍稍走神再回过神来的时候,他们已经聊到病床上的宗圭了。他的脑海里立刻又浮现出宗圭浑身缠满绷带、痛苦不堪的样子。他故意将视线转向了电视,之后盯住前后奔走的服务员,再后来把一张包装纸缠在指头上,又反复对折包装纸,直到折不动为止。尽管如此,依然有一种不祥的预感萦绕在他心头。

他们从宗圭聊到了宗圭的妻子,又聊到他俩读高中的女儿、读初中的儿子,还有患病多年的老母亲。他终于忍不住提起自己在黔丹产业园的工作。

因为他无法预测这些老同事天南地北的对话究竟会说到哪里,要是再回到宗圭身上,说起事情的经过、相关的推断和猜测,他恐怕难以承受。

他说自己在黔丹产业园工作了三个月,千辛万苦才卖出一个宽带业务,上个月收到了业绩警告;还说如果再没有业绩的话就会收到第二份、第三份,到时他就不知道自己又要被分配到哪里,做些什么陌生的工作了。话音刚落,韩秀接话了:

"你也干了这么多年,够久了,辞了得了。辞职以后能干的事多了去了。你有技术,跟弟妹肯定也攒了些钱,拿来当启动资金,那还有什么干不了的?"

他还没来得及回答,尚贤先跳出来反驳:

"启动什么呀?谁也不能保证从公司出来都能混得跟你一样啊。说得好听叫启动,说得不好听,就是辛苦攒下的钱打水漂,一下子就完了。"

"你以为我是有了什么绝佳的门路才辞职的吗?你看看那些人干的好事,待不下去的!拼死拼活,最后光落下一身病。我说的有错吗?"

韩秀劝他不要在一棵树上吊死,与其在公司浪费时间,不如早点辞职,找别的机会。他静静地听着，心想或许是因为韩秀早早就从公司离职才会这么说。难道那些至今还留在公司、还想留在公司的人，只是因为舍不得那微薄的薪水和退休金吗？他心里这么想，却没有力气说出口。

"是啊，也该辞了，我也是干不动了。"

他最终这么敷衍了过去。他并没有期待别人会对此有何反应、如何回答。只要还留在公司，警告也好，惩戒也好，都是迟早的事，只是有人早有人晚罢了。一旦松懈下来，转身就会被人掐住后颈，动弹不得。

那天他终于证实，大家对他的遭遇早已心知肚明，只是闭口不谈罢了。而且大家都觉得这事太寻常不过了，没有什么值得惊讶的。

7

转眼又到了月末，他等来了第二份业绩考核警告书。

紧接着，三月的第一天，他去了一趟纸箱厂宿舍。气温降到了零下十度，雪中夹着雨点。抵达纸箱厂的时候，雪停了，雨还在下。他从后备厢取出一个工具箱,又拿了几副绝缘手套,走到宿舍前。宿舍的女工说要把阿超叫过来,他足足等了三十分钟,才看到阿超带着三四个青年走了过来,他们脸上挂满不悦的表情。他领阿超走到堆满货箱的装卸区后,找到了立在那里的一个巨大的通信综合配线箱。他用电工钳轻轻钳住一根断掉的电线,剥掉绝缘层,四条纤细的电线就露了出来。他又剥掉四条线的绝缘层,把颜色相同的电线像拧麻花一样两两拧成一股,再将它们与线缆、调制解调器的端口连接,最后确认设备的信号灯显示正常。他告诉阿超,线缆出问题的时候需要这样操作。

阿超很快便学会了。只需要看一眼配线箱里的端口,就立刻能分辨出网络是否连接正常,也很快找出了必须要确认的线缆,将断掉的部分重新连接。他告诉阿超,要在配线箱上装一个小锁,不要让其他人随意打开。离开工厂前他还给了阿超三副绝缘手套。

他出来的时候,雨已经停了。灰蒙蒙的乌云中,几丝金色的夕阳时隐时现。他抄近道向停车的地方走去,顺着狭窄又曲折的小路,经过一个个招牌上写满科技、产业、配件、设备之类的字眼,令人眼花缭乱的店面。走出小路，他却没有看到自己的车。已经不是第一次了，他最近总是忘记自己把车停在哪里，常常朝奇怪的方向走好长一段路才突然回过神来。

找了好久，在一家已经打烊的餐馆门前找到了车。发动汽车，打开暖风，凌厉寒风中变得僵硬的身子慢慢缓了过来。天已经暗了下去，他靠在椅背上，努力睁着眼。不知从什么时候开始，时间对他来说，成了一种完全无法预测和掌控的存在：有时一个小时是那么漫长，而一天却转瞬即逝；有时感觉只过了几分钟，其实已过了三四个小时；有时觉得这得过了一个礼拜吧，却发现才过去一两天。

他静静注视着窗外的冬夜，注视了很久，仿佛在凝视那看不见摸不着，却马不停蹄地穿过自己身体的时间。

"是外套吗？"

他脑海里突然浮现出一段尘封已久的记忆，那是二十多年前的事。

某个冬天，他们要去客户家里安装电话。隔壁老人碰巧看见了，便上门找他帮忙，好像是修门板，或是修一扇关不严实的窗户之类的。那个年代，工具设备不是那么常见，所以常常有人上门拜托他们修这修那的。就是那天，带他的师傅把自己的工作服送给了那个老人。那是一件廉价的人造毛呢外套，上面还印着巨大的公司标志。

"哎哟，糟老头子啰里八唆的，烦死了。"

走的时候满嘴抱怨的师傅，却在公司年终大会上获得了表彰——送老人外套的事情被当地新闻报道，他在公司里一夜成名。他远远地看着师傅满脸羞涩，带着受之有愧的表情走上领奖台，回想起平日里师傅的模样，深知他跟奖状上"乐于奉献"的评价相距甚远——做事拖拖拉拉，整日空着座位不知所踪，作风散漫。但即便这样，师傅的工资却比他高了两三倍。

他倒没觉得委屈或是不公平。

因为他坚信，随着工作年限的增长，公司一定也会给他应有的报酬。他总是觉得，自己被一种厚重的认同感、归属感和纽带感包围，那正是公司对待和拥抱他们这些职员的方式。

发动车前，他深深呼了一口气，仿佛要把身上的寒气逼出去。他开始明白，公司过去那种氛围不复存在，公司追求的东西也已经完全不同，也不会继续让职员遵循过去的那一套作风了。他的遭遇正是公司告诉他这一点的一种方式，他必须再次从头开始适应。

三月的最后一周，他才拉到一笔单子，要帮两座简易的塑料大棚屋安装无线网络。

安装的地方距离工厂密集的区域还有好长一段路。穿过厂区，一直走到道路尽头，一片荒凉的冬日旷野出现在眼前。小山脚下有两座黑色的大棚屋，像用黑色胶带缠成的圆筒。正面看去，又像两个黑乎乎的实心句号，在旷野中显得格外刺眼。

他提交安装申请的那天，总部下达了不予安装的批复。

公文提到，这个六口之家居住的大棚屋属于违章建筑，该地址没法录入系统。他打听到土地主人的电话，恳请他允许住户使用土地地址报装网络。他反复跟对方解释，网线一旦拉了过来，以后直接可以使用，而且安装费用由他承担，这才好不容易征得了主人的同意。

他重新提交了安装申请，但最后还是被驳回。

那天下午，他又去了一趟大棚屋。走到那里要经过一片荒秃秃的泥地。地面因为下雨变得又湿又黏,他把裤腿随意卷了起来。泥巴糊在他的皮鞋上,裤脚也湿了一片。算了,随它去吧。他迈开步子,深一脚浅一脚用力踏过冰凉的泥地。

大棚屋的门前,一位老大爷正在烧垃圾,老大爷说:

"那是我孙子整的东西,我不懂。他晚上才能回来。"

"我就过来看看能不能安装,前后转一圈就走。"

老大爷用棍子拨弄火里的塑料袋和碎纸,空中不时扬起一点点火星。他绕着大棚屋转了一圈,仔仔细细拍下各个角落的照片,接着便开车径直回到销售中心。那天,他第一次跟组长大声争辩起来,他质问组长为什么比那里更偏远的山区、不足十户人家的小岛都能拉网线,这里却不行。还说,实在不行可以借用周围的电线杆,明明就有可行的方案,为什么不考虑。

组长"嘀嗒、嘀嗒"按着手里的鼠标,不紧不慢地说:

"那就不好说了。我懂什么呀?上面怎么交代的就怎么做呗。"

说罢，组长好像发现了什么有趣的东西，对着屏幕咯咯笑了起来。他对组长说，大棚屋附近有两根电线杆，可以从那里拉线过去。组长没有回答。

"拉线可以由我负责，也不是什么难事，毕竟屋子在山脚下。"

他说到一半，组长抬头盯着他说：

"不行就是不行。上面说了不行，你得弄清楚状况。"

他还想说些什么，可组长对他甩了甩手，让他打住。他强忍住心里的委屈和一种说不清的强烈情绪，眼睛下方的肌肉不受控制地抽搐起来。他一只手抚着颤抖的眼角，努力调整呼吸，问组长，如果再受到警告或处罚会怎么样。事实上，组长清楚地知道他已经收到了两份业绩考核警告书。他自己也清楚，一旦收到第三份，势必会被调离当前岗位，之前的同事无一例外。

他的那句话，与其说是提问，不如说是一种控诉，甚至哀求。

"我也不知道。我也得听上面的安排啊，我能有什么办法呢！我也受不了了，受不了了！"

组长猛地推开椅子，走出了办公室。

对他来说，这笔单子必须落实。只有这样他才能安然无恙地度过一个月。所以他向总部提交了一份意见书，在公司内网发布了求助帖，联系了许久未联系的同事，还向现场安装部门提交了申诉。他甚至有些讶异，自己竟然可以做到这个份上。但这种讶异，很快被不得不采取行动的焦躁不安彻底取代。

然而那个月的最后一天，他还是收到了第三份业绩考核警告书。林组长冷冷地告诉他，两周内就会下发调岗通知，从明天起，他不用来这里上班了。

8

一周后，惠善进行了一再拖延的手腕手术。因为这事，他没少发火。每次被他发现按摩自己的手、吃止痛药、戴护腕，惠善便故作轻松地说改天去做手术就好了。但一天拖一天，惠善迟迟不愿上医院。

某天晚上，惠善不小心摔坏了盛满酱汤的锅，砸坏了餐桌的玻璃和餐具。

"生病就得去治呀，一直这么拖着怎么行呢！

明天就打电话预约手术。"

他把惠善赶去客厅,一个人收拾了起来。碎掉的玻璃仿佛永远清不完,在各个角落反射着灯光;自制酱料的暗红汤汁混着牛奶,顺着壁纸一直淌到餐桌下……他用湿抹布擦拭地面,提高嗓门说道:

"你明天就打电话预约手术,听到了要回答呀!"

最后,他把抹布一扔,站在妻子面前,逼问她到底为什么不愿去医院。明明三十分钟就能做完手术,休息两天就能恢复正常生活,为什么这么固执?

惠善扭头转向餐桌,说:

"知道了,你待在客厅吧,我来收拾。"

惠善跪在地上,继续清理。她卷起袖子,把撒了一地的鳀鱼干和萝卜块拢在一起,拧干湿漉漉的抹布,一遍又一遍地擦地面。她咬着牙,忍受着每次用力时手传来的疼痛。这些他都看在眼里。

于是他补了一句,不要生气,也不想再为同一件事吵架了。惠善长长叹了一口气,似乎想说什么,但没有开口,继续擦起地来。

又过了两天,是他打电话预约了手术。

手术很快结束了，惠善的手腕上留下了鱼刺般的缝针痕迹。之后的几天，他和俊吾承担了所有的家务。所有事都得自己做，他和俊吾一起待在家里的时间也变多了。这件事反而成了将他们一家人重新凝聚在一起的纽带。

周六傍晚，他们点了炸鸡外卖。一家三口坐在餐桌前，他说起自己很快会被抽调到其他地区的事，惠善问道：

"要调到很远的地方吗？太过分了吧，这些人！怎么能这样对待一个二十多年的老员工！"

他刚想说些什么，惠善又自言自语似的说道：

"离退休还有十年呢……"

他压低声音，似乎想要提醒惠善注意说话内容，说道：

"好端端提退休干吗啊？只要我干得来，干就是了。"

"都不是你熟悉的工作，总让你干些八竿子打不着的工作，不是吗？你多累啊。再怎么说也不能这么办事呀，至少得给人一些准备的时间。"

俊吾调高电视音量，打开外卖盒，抓起一块炸鸡，眼睛始终注视着电视荧屏。电视里，一只大象行走在荒瘠的陆地，四周连一棵树、一条河都没有。如果没有旁白解说，就像一幅静止的画，十分乏味。

三个人看着电视，一口一口吃着咸酥的炸鸡。沉默环绕四周，咀嚼的声音和电视机的声音填满了这个不大不小的客厅。他望向夜幕笼罩下的阳台，接着偷偷看了一眼儿子长红肿青春痘的面庞：原本圆溜溜、可爱的眼睛变得又宽又长，小巧的鼻子挺立了起来，整个人变得线条分明。他还记得儿子小时候的梦想是成为动物的好朋友，从小学到初中，这个梦想渐渐演变成了饲养员、兽医、流浪动物救助者，越来越具象。儿子的手和脚在不知不觉间也已经变得跟自己的一样大了。他问儿子：

"现在二年级了，很忙吧？要学的东西那么多。"

俊吾短暂与他对视，点了点头。他又随口问了几句，但是俊吾似乎不懂得回答，没有任何反应。俊吾的目光偶尔落在他和惠善身上，但每当他想要说些什么的时候，俊吾立刻把头转向了电视。

"什么时候定下来，爸工作的地方？"

俊吾冷不丁问道，眼睛依然注视着电视机。

"应该快了。这个你不用操心，你只要学习，其他什么都不用管。可能你觉得还很远,但一年很快就过去了,转眼就高三了。"

俊吾喝完一罐可乐,起身说道:

"那我去学习了。"

他看着仿佛一夜之间长大的儿子走进房间,突然有种如释重负的感觉。他甚至想,是啊,还有什么不知足的呢。

他所知道的生活,就是在一个平凡的家庭中出生,成人,成立一个与自己的成长环境类似的家庭,在固定的时间工作,为自己做出的选择负责。

所谓"美满的生活""幸福的日子""完美的一天",他从来没有奢望过。对于他来说,这些"美满""幸福""完美"转瞬即逝,就像流沙,滑过手心,无法掌握。他坚信,真正的生活大多与"美满""幸福"这些词汇无关,反而是一些稀松平常的东西构成了生活的本貌。

"你就别动了,放着,我来收拾。"

晚饭后,他整理了可乐罐和外卖盒,将剩下的食物装在一起,接着开始洗碗。做家务的时候他想,自己似乎正在以这样的方式等待公司下一步的通知——陪惠善做拖延已久的手术,跟家人坐在一起共享晚餐，不断说服自己一切都会变好，以此迎接未知的未来。

但他依然不确定，自己到底应该准备什么，该如何准备，能准备到什么程度。

9

宗圭坚持了三十四天。

第三十五天，星期二下午，他接到了宗圭妻子的电话。她在电话里说，宗圭早上停止了呼吸。不知道为什么这句话听起来好像是宗圭自己选择了停止呼吸。

快六点半了，他才赶到殡仪馆。

医院附属的殡仪馆共有五层，人来人往，非常拥挤。在一楼大厅确认悼念厅的位置后，他直接来到三楼。写有宗圭名字的花圈一直排到了电梯门口。他后来得知，那些都是总公司送来的。他在门口递上吊唁金后，走进悼念厅，点了炷香，向宗圭的遗照行了两次跪拜礼。宗圭妻子穿着丧服，平静地向他鞠躬。现场的气氛并没有太沉重，导致他觉得这一切都好似一场戏，显得如此不真实。

快到九点的时候,韩秀和尚贤相继到场。招待宾客的大堂依然有些空旷,凌晨时分甚至有些凄清寂寥。他和同事们一直守在现场,空着肚子,烧酒一杯接一杯下肚,脑袋却格外清醒。

凌晨来了一群人,全是男性。他们穿着厚厚的夹克,在现场身穿黑色正装的人群中格外抢眼。他们把宗圭的妻子叫到悼念厅外,开口便直奔主题,没有半句废话。他虽然待在悼念厅内,但看得一清二楚。

"这个我们可以向您保证,您可以放心。"

"不不不,不要。"

最初低沉的交谈声变得越来越大,他听得越来越清楚。宗圭妻子那张面无表情的脸不时显现在拥挤的人群中。

"哎哎哎,你坐下。"

他本想出去看看,但被尚贤拦下了。尚贤告诉他,那些都是工会的人,他再过去搅和的话,事情更难收场,别再落下什么话柄。于是他和同事们静静地坐着。听到宗圭妻子坚定地表示拒绝,那姿态仿佛在用话语击退敌人。

"不就是推迟葬礼吗? 有什么大不了的。"

那群穿夹克的男人离开后,在空荡荡的停车场,尚贤反复追问宗圭妻子工会的人究竟说了什么。她终于松口说,工会的人要求她推迟葬礼的时间。

过去五年,宗圭一直属于"业务协助组[1]",没有任何职称或职务。宗圭为了要求公司按照能力和工作经历给予自己相应的职称与职务,投入五年时间,倾注了全部精力。那些诸如发传单、回收淘汰产品、拆卸旧电线和处理旧设备零件这类的事本来就不该是宗圭的工作。每天去小区检查通信杆、记录网络信号强度的工作也不例外。

"他们说让他们来办葬礼,谁知道他们什么时候办啊,一个月后?两个月后?他们肯定能拖就拖,说不定过了一年都不办。你也知道吧?"

韩秀劝宗圭妻子千万不要听信工会的话,他不想宗圭去世了还被工会利用,当作示威和罢工的道具。但宗圭妻子说,其实并不想征询他们的意见。她用冷漠低沉的声音问道:

"你们说,宗圭真能像工会说的那样,被认

---

[1] 韩国三大通信公司之一的韩国电信公司(KT)曾经因设立"业务协助组"而被推至风口浪尖。在公司结构调整中,部分员工因拒绝接受所谓的"名誉退休"(类似一种强制的内部退休),被刻意调配至偏僻郊区,成为所谓"业务协助组"的成员。——译者注

定为因公死亡，能向公司要求赔偿吗？那能赔多少？"

她还透露，自己已经接到公司法务部门的电话，电话那头说只要在几份材料上签字，将葬礼全权交给公司办，公司愿意支付她一笔不菲的抚恤金。他听到这里，把头转向一旁，心里想，这女人已经开始算计自己丈夫的死究竟值多少钱了，但瞬间又觉得自己很恶心，自己有什么权力、什么资格妄断是非。

"不管是公司，还是工会，都没让活着的宗圭有好日子过。最后一段路当然是家人陪着。让工会会长来办葬礼，谁知道他打算什么时候办？但公司那些家伙也不能信。没一个可靠的！宗圭变成这样，他们做了什么？没有！公司也好，工会也好，什么也没干！"

尚贤越来越激动。他本想说两句，但宗圭妻子似乎在等待这一刻的到来，突然抬头看着他们，她的眼神眼神仿佛在说：

"那你们又做了什么？"

他无法直视那双眼睛。

"工会办或公司办，有什么区别呢？人都死了，葬礼有什么大不了的？不管你们怎么想，我跟孩子们还得继续过日子。我要供他们读书，帮他们成家。未来不知道会怎样，你让我们怎么办？我需要钱，我说的有错吗？我需要钱。"

几个小时后，工会的人又来了。

他站在殡仪馆的窗户边，看到一群人一个接一个从租来的大巴上走下来。公司派来守在殡仪馆入口的人赶快关上门，挂上锁，在玻璃门把手之间插入一根木棍，然后背对门站成一排，把大门挡得严严实实。

"暂时不能出入，请稍等。"

就算很多人反对，他们依然彻底封锁了整栋大楼。医院负责人抱着手臂远远站着，根本没有要管的意思。

公司的人和工会的人隔着玻璃门对峙。争执的声音越来越大，厚实的玻璃门剧烈地摇晃，外面不断传来砸东西的声音，情势越发激烈。

最终警察出动了。一群武警坐着大巴抵达现场，包围了整栋建筑。扩音喇叭传出要求工会人员即刻解散的命令，那声音在安静的殡仪馆前显得震耳欲聋。

这时,宗圭妻子坐在悼念厅角落里,一言不发。

她似乎被一种万念俱灰的悲痛死死钳住,无论外面再怎么喧闹都无法挣脱。他和同事们静静地站着,被宗圭妻子身上散发出的死寂包围,不知该说什么,又能说什么。

直到这时,他才觉得好像梦醒了,一切都那么真切。让宗圭孤独落单,声嘶力竭,甚至将他逼上绝路的那些东西,如今如此赤裸地展现在他们眼前。留在这个世界的这些人,除了直面现实,恐怕别无选择。

已经早晨五点了,外面依然漆黑一片。他只希望这闹剧一般的对抗能够尽快结束,祈祷这场毫无羞耻心和负罪感的争吵不要暴露在光天化日之下。

黎明时分,运送宗圭遗体的小巴最终离开了殡仪馆,后面跟着两辆载着工会成员的大巴。这场看似不知何时才会终结的对峙,终于落下了帷幕。

10

宗圭的吊唁所设在了车站前的广场上,供人们前来上香悼念。

傍晚下起了雨，雨点敲打在帐篷顶的声音越来越大。他离开挤满人的帐篷，在四周随意走来走去。来的人都是工会成员，或是被工会召集来的。他站在几步之外，看着人们手里捧着的蜡烛，那火光时大时小，仿佛在跳动。路过的行人好奇地往帐篷里张望，还有几个外国人拿出手机拍照。

临时搭建的演讲台上摆着宗圭的遗照，他的死亡被周围喧闹的人声和车流声包围。工会成员轮流上台朗读事先准备好的稿子。内容从宗圭的死开始，上升到对公司的愤怒以及死者遭受的非人待遇。演讲充斥着"国家""资本""全球"和"贫穷"等字眼，每每听到这些词，他都觉得宗圭的死好像蒸发了，已经消失得无影无踪。

工会的人说，宗圭的死，责任不在宗圭而在公司，是公司把宗圭逼上了绝路。他倒不是不同意这种说法，但在他看来，宗圭并不完全像他们所说的那样，是一个软弱无助的被害者，也不是一个任人差遣、逆来顺受，最终走上绝路的牺牲者。他也曾经是一个儿子、一位丈夫，是孩子的爸爸，是别人的朋友或同事。换句话说，他的人生中也曾有过许多别人无法臆测的成功、感动、欣慰、喜悦、激动与感激。

所以，宗圭不惜做出如此极端的选择，究竟是想守护些什么？直到这一刻，他站在宗圭的吊唁所前，才试图去思考这一点。

没有必要走到这一步，也不该走到这一步，但似乎不得不走到这一步……他在内心抽丝剥茧的同时，一种愧疚渐渐充满他的身体。这种愧疚滋生出一股后悔和悲伤，又拉扯出一种空虚和失落。之后一些说不清道不明的情绪接二连三袭来。他丢了魂似的注视着内心深处野火般蹿动又消亡的情绪，仿佛除此之外，他找不到更适合的方式悼念宗圭。

活了这么多年，他从来没有偏袒过谁。他觉得人必须保持客观、实事求是。这成了一种强迫症，始终伴随着他。他总是竭力保持中立，不愿在任何一刻有失公允。

也许是因为他对这点的坚持，他一次又一次拒绝了宗圭的请求。也许正是自己那些"忙""说不好""难办"之类的话，把当时正与公司正面对峙的宗圭挡在了千里之外。也许他在用这种方式自我说服——宗圭的处境永远不会发生在自己身上。

他一步又一步地退离了示威现场，然后装作自己是一个毫无干系的人,四处转悠。他在便利店前点燃一根烟,翻看手机。他甚至不知道宗圭的尸身现在在何处、如何保管,因为这一切全权交由工会负责了。

"再怎么说也不能这么干吧!这些人也真够狠的。"

尚贤第一个转身离开。他实在无法忍受宗圭的遗照和牌位被这样摆在大街上,小小的吊唁所周围充斥着各种示威标语、打光灯和大喇叭。不久,一直默不作声望着演讲台的韩秀也走了。

而他一直待到深夜才离开。他一直想对宗圭的妻子说些什么,可是每次四目相对,他又一句话都说不出来。他看到她那消瘦又疲倦的脸上,意外地闪烁着某种期待的神色,这让他觉得自己好像看到了什么不该看到的东西,心中涌起一种微妙的不悦和苦涩。

第三章

1

最后,他被分配到一个地方小镇,归属设备1组。

公司向他承诺,在这里先干一年维修安装的工作,只要业绩考核过关就留用他。

四月第二周的星期一,他一大早就拖着巨大的行李箱出了门。还没到七点,已经坐上了长途大巴,中午快十二点才抵达他所属的分部。那里是一个偏僻的农村,周围全是农田。行李箱的轮子在土路上碾过,不断激起小块的泥土和石子。要不是无意间看到了印有"线务局办公楼"字样的小门牌,他还不知道要在这条尘土飞扬的小路上继续走多久。

所谓的线务局办公楼只有两层,与农田有段距离,看起来像由民宅改造而成的,不仔细看的话会以为是一栋废弃住宅或仓库。一楼是设备室,用来安装通信设备、中继器和电压器。他看到门前站着几个人，便朝他们走去。其中一个人看见他，用手指了指二楼，他便提着行李，顺着狭窄的铁制楼梯走上去。

"您来得挺早啊，一路上辛苦了吧。"

从办公室里出来迎接他的是一个年轻的高个子男人。

"我叫安勇国，这里的各位同事都叫我局长，但其实没必要这么拘谨，反正也不是什么正式的职务。您是来安装组报到的吧？这里的同事大部分都是业务协助组的，您再找时间慢慢认识就好。对了，您喝水吗？"

办公室外的人像是在看热闹一样，都远远地盯着他，然后转头继续玩手机或翻看报纸，各忙各的。安局长告诉他，他属于设备1组，组里总共两个人，说着把头探到门外，要把什么人叫过来。过了好一会儿，一个女人走进来。女人只比自己小四五岁的样子，身材圆乎乎的——或许是因为这样才看上去有些年纪。

"这位是黄纤柔，黄女士，两位从明天开始共事。上班要打卡，工作完成了就可以下班。业务完成后要在手机应用上提交报告，操作跟总部有点不一样，会用吗？"

局长为他讲解了手机应用的操作方法，说有工作任务的时候应用上会出现通知，还告诉他如何上传报告，如何查看工作进度等。他一边听一边安装应用，却总是失败，不是按错键，就是退回主界面，越是心急越是手忙脚乱。

"给我，我帮你弄。"

站在一旁的黄女士几乎将手机一把抢过去，三下五除二装好软件，又将手机还给他。

局长让他今天先了解一下工作内容，明天正式上班，接着又问他：

"打算住哪儿？"

这时外面正好有人喊，午餐送到了，沙发上的几个人纷纷起身，不紧不慢地往外走。顺着他们的方向，他看到一群人围着一个巨大的塑料篮子，从中取出黄色的盒饭，人手一份。

"公司不提供宿舍吗？"他问道。局长说：

"看来您不知情啊。都说了让他们先打电话确认，拜托了那么多次就是不确认——我是说总部负责人——总之，宿舍有是有，不过现在没有空房间了。有的话一定会给您安排的，不过各个地方分公司的人都被派到这里,一套房住着三四个人,实在住不下了。"

局长毕恭毕敬,他不禁小心翼翼起来,脑海里一直思考着该怎么回答,又该如何措辞。这时,空气中飘来一股酱料的辣味和浓郁的油香。

"不好意思我插一句,正好你们说到宿舍的事情。局长,我那里的锅炉坏了,没暖气,特别冷。很早之前你就说要找人帮我维修。虽然已经是春天了,但这儿早晚天气还是很冷。而且也不能一直烧水洗澡啊,真是受不了了。"

旁边站着的黄女士插嘴说道。

"黄姐,这件事我过后再跟您说。"

局长温和地拒绝她,接着又继续对他说道:

"事情变成这样,我也不知道该怎么说了。不过您暂时可能得自己找地方住。"

他反问局长,自己人生地不熟的,也不是只住一两天,去哪儿找住的地方啊。局长点点头,好像是同意的意思,却也没有多说什么。

"我再问问总公司,但最终什么结果我也不好说啊。"

局长沉默许久后补了这么一句,接着回到自己的座位。

"你从哪里调过来的啊？原来就在安装组吗？不是你自己申请过来的吧。也是，谁会愿意来这穷乡僻壤。对了，你还没吃饭吧。我给你拿个盒饭？看起来不怎样，吃着还行。有的人没来，每天都会剩下几个，你吃了也没人知道。吃一个吧。"

只有黄女士愿意跟他搭话，其他人都一副冷冰冰的姿态，似乎并不打算向他展露任何善意。他假意推辞了一番，最后还是提着先前放在墙角的行李箱跟了过去。身边黄女士长时间高分贝的说话声一方面让他感到压迫和不自在，另一方面又让他觉得庆幸——至少还有人愿意跟他说话。他接过黄女士递来的盒饭，吃了起来。冷掉的米饭又干又散，炒肉和炖牛蒡散发着一股油腻的味道，但也算是慰藉了空虚的肠胃，让紧绷的身体和情绪松弛下来。

大家解决掉午餐后，依然留在线务局里，三台工程车也始终停在原处。有人读报，有人在树下垫上纸箱躺了下来，还有几个人凑在棋盘前下象棋。他绕线务局转了好大一圈，跟总部通了好几次电话，每次得到的答复都是"不清楚""不知道"。他越发感到自己是刻意被遗弃在一个陌生的地方，不免有些错愕。他计划傍晚去市区看看,不管是小宾馆还是旅店,先住下再说,长住的房子慢慢再做打算。

"我们住的宿舍有个保管杂物的小房间还空着,不介意的话可以暂时住进去。"

太阳快下山的时候,大家正在余晖照耀下的院子里排成一列长龙,等着下班打卡,其间有个同事向他提议。

"我姓崔,你叫我老崔就行,在这种地方,知道对方名字没什么用。"

同事把帽檐压得低低的,如此自我介绍。接着又说:

"反正也待不了多久,暂时住着呗。"

2

宿舍距离公司十多分钟的车程。

当天很晚了,他才和两个同住的同事一起吃了晚饭。靠着洗碗池坐在地上,整个屋子便一览无余:三个大小不一的房间,一个卫生间。除主卧以外,剩余的两个房间小到只容得下一个人。卫生间的门微微敞开,只需要看一眼就知道非常破旧。厨房和洗碗池也不相上下。

老崔煮了一锅方便面,放了些切好的大葱,端上来。老崔先盛了一些在碗里,坐在旁边的老权也盛了些,最后是他。这时老崔嘟囔道:

"也不安排具体工作,难不成要自己找活干。'业务协助组',名字倒是起得挺好。你知道这是干什么的吧。"

老崔说自己之前在一个海边城镇的业务协助组干了三年,说得好听叫业务协助,实际上既没有任何具体的职务,也没有任何职位。老崔还说,自己一开始被调到分公司的业务协助组,离家两小时车程,第二年就被调到海边城镇了。如果没有公司宿舍,那里几乎连住的地方都找不着。

"这些狗崽子以为一直把我往偏远地区调,我就会像个傻瓜一样,主动离职。"

老崔说,自己坚持不懈要求公司安排一个不用住宿舍、可以开车上下班的工作地,直到加入工会,成为工会正式成员,才被调到了这里。

"他们也是怕了呗,再怎么说把工会搬出来,他们还是会怕的。"

他等老崔说完后,提起了宗圭的事情。他说宗圭也加入了工会，在那里干了几年。

"是吗？你知道他在哪个分会吗？"

老崔问道。

他刚说出宗圭工作过的城市，老崔就开始炮轰那里的分会长，他根本就是个骗子，乱花工会资金，还把工会成员当下人使唤。

"你没听说过？在这个圈子里出了名。看来你朋友没跟你说这个啊。"

他只是点点头，没说什么。他意外地对宗圭的死有了新的认识。宗圭如今还被展示在光天化日之下，像某种抵押物被人攥在手里，而更让他吃惊的是，自己竟然把这件事忘在了脑后。

"不过也是，现在在想找个人模狗样的都难，都不是什么好人。所以我退会了，虽然追回会费的时候辛苦了点。总之，这些家伙花着别人的钱，根本不知道珍惜，王八蛋。"

相比之下，老权沉默得多，一直低着头看手机，只在别人问起的时候，才会简单回答"是"或"不是"。据老权自己说，他也是第一次被调到业务协助组。老权个子不高，相对年轻。不过那藏在眼镜后锐利冰冷的双眼，给人一种不好相处的感觉。

过了十点,他才开始收拾自己的房间。与其说是房间,倒不如说是一个小杂物间,人平躺在里面,就没有多余的空间了。老权帮他把里面堆积的室内晾衣架、塑料椅子、几个行李箱,还有装满杂物的购物袋等物品清出来后,墙面露出了东一片西一片的霉斑。不管用毛巾擦多少遍,霉斑都无法去除。过了十二点,他不得不放弃,随意整理了带来的行李,铺好被褥,躺了下来。

老崔和老权都回到各自房间后,整个屋子瞬间安静了下来。水滴的声音清晰入耳,不知道从哪里漏进来的风湿润又冰凉。他蜷缩在被子里给惠善发了条短信,告诉她一切都好,不用担心。惠善没有回复。他想让她寄一些厚的被褥过来,结果短信打到一半,他张着嘴呼呼睡着了。

在宿舍的第一天就这样过去了。

又过了三天,他的生活渐渐走上了正轨。公司如约给他安排了安装维修的工作,还给他配了一辆小型面包车。每天上班前,手机应用会提示他当日要完成的作业任务,他只要一一完成就可以下班。

更重要的是,他有具体的职务。这显然是一

件值得庆幸的事。在那群每日无所事事，只能在办公室周围闲逛的同事眼中，他俨然成了那个"把握住机会"的人。他一方面行事相当小心谨慎，生怕因此伤害同事间的感情，另一方面又难掩内心的期待。

"真的？那真是太好了。"

他语气里洋溢着的乐观很快感染了妻子。他甚至感觉到，与妻子两天一次的通话，让他久违地燃起了对她的依恋和思念。

3

他通常早上八点左右抵达线务局，根据一天的作业日志和作业内容规划行动路线。黄女士总是来得比他更早些，提前准备好维修申请单和顾客知情同意书，有时还会准备矿泉水和零食。

"走吧？"他问道。

"等会儿，我看看有没有落下什么。"黄女士回答。

每每这时，他能感觉到周围的人正肆无忌惮地斜眼盯着自己和黄女士，也知道他们在低声议论什么。这些人每每无意间与他对视后，便会假装望向别处。实际上他们说的都是对黄女士这个唯一的女职员，还有他这个新人揶揄和嘲讽的话。他甚至觉得，他们把自己和黄女士作为谈资，靠主观臆测、添油加醋来打发无聊的时光。但他选择睁一只眼闭一只眼。因为他不想凭空想象没有根据的话，滋生对他人的敌意，搞砸在那里的生活。

黄女士说自己是六兄妹中的老四，家境一直不太好，从小没有得到过父母太多的关心和帮助。高中辍学后，十九岁时成为一名电话接线员。每天从早到晚接听陌生人的电话，沉默寡言的她变得积极外向。遇到现在的丈夫后，结婚生了两个小孩。之后电话接线员退出历史舞台，最近十多年她一直在电话客服中心工作。她说自己从未想过有一天会如此莫名其妙地被下放到这样一个偏僻的地方，言语中充满了失落。

黄女士讲话时，他通常一言不发，默默听着。他常常觉得自己很了解黄女士的心情，清楚地知道她来这里时的心境，以及她抱着怎样的心态度过每一天。

他也曾努力想要与黄女士分享、传授自己的经验和知识。黄女士三十多年只做过客服业务，对设备安装和维修一窍不通。

"我来试一下，你先别说。这个我学过，我会。"

"不对。你要查看的不是那儿，是这儿。这儿不是有三个小灯嘛，只要这里闪烁，就表明不是缆线的问题。"

每次他说完，黄女士都会用手机拍下，做好笔记，但下一次又问同样的问题。每次黄女士都像第一次听到一样，认真点头，暗自复述一遍，接着告诉自己一定要记住。

检查调制解调器的线路，更换路由器或电线这些室内操作，黄女士渐渐学会了一些。但室外作业，例如利用已有的电线杆或通信杆拉线，他没法一边操作一边向她一一说明。更何况工作任务越来越繁重，每天紧赶慢赶，才能勉强完成。

他有意无意地用不耐烦的语气对黄女士说话。

"你别站在那儿，你回车上去吧，反正这些活儿你也干不了。"

"有什么活干不了的？我能学呀，学了才能干啊,不是吗?"

黄女士从来不会因此放弃,她似乎早已下定决心,不管他说什么,做什么,心情是好是坏,态度如何,决不动摇。或者说,她就像是被训练成了那样的人。

不过他也有忍无可忍的时候。

那天,他站在一座二层小楼的外墙栏杆上,请黄女士为他找几颗固定接线端口的螺丝。结果黄女士直接把那个又大又重的工具箱从车上提过来。为了找到那个装螺丝的塑料盒,她把箱子里的工具一件一件全都拿出来,折腾了好久,他难免有些烦躁。黄女士终于打开了盒子,与此同时其中的钉子、螺栓、螺母瞬间撒了一地。

"放着吧,我来,你别动了。"

他爬下栏杆,脱掉手套,开始收拾散落一地的零件——这些东西原本应该由公司提供,但每次他都自掏腰包购买。

"盒子太紧了打不开,我怎么知道会这样。"

黄女士跟着他捡,捡着捡着,抬头看了他一眼,说道:

"而且你没必要这种态度。我也是这里的职员,是这个小组的成员。我就是个拿着工资干活的普通人，谁都会有失误的时候，也会有怎么学都学不会的东西。不就是掉了几颗螺丝吗？捡起来就行了。你非要给我脸色看吗？"

黄女士把收拾好的盒子重新放回箱子，之后一直站在栏杆前。完工的时候太阳已经下山了。晚霞还没来得及染红天空，天就变黑了。他一言不发地启动汽车，上了路。车子行驶在黑暗的双车道公路，他俩谁也没吭声。

"我是不是跟你说过？"

过了好久，黄女士先开了口。对面开过来的车辆从旁边呼啸而过，把他们的车窗照得透亮。黄女士提起了去年夏天她背着装满线缆和设备的背包，穿过墓地，翻过山头的事情。

"好像说是我把工程车弄坏了。总之一开始分配给我的就是一辆快报废的破车，结果却说是我把车弄坏了，最后连车都不给我了，让我坐公交车。我有高血压和糖尿病，却不知道在那大太阳底下走了几个小时。怎么走都找不到通信杆，也找不到公交站。打电话问局长，结果他吼我说，连方向感都没有，还干什么干。最后我靠自己的一双腿翻越了那座山。如果我连这点觉悟都没有,还能走到今天吗?"

一开始他只是强迫自己倾听黄女士的话,借此赶走不断袭来的睡意。可听着听着,刚才的愤怒和不耐烦好像渐渐消失了,取而代之的是一些心疼和歉意。

后来某天,他突然发现那个不好打开的盒子被换成了一个用来装小菜的塑料饭盒。黄女士把那些钉子和螺丝按照类型和大小,分门别类地装了进去。以后再也不用辛苦地蹲在地上翻找了。

4

他和黄女士负责的区域,大部分都算不上所谓的住宅区,几乎没有低矮的通信杆,拉线需要爬上十米多高的电线杆,从粗粗的高压线下把通信线缆引下来。这需要先借助梯子爬上去,然后固定用作落脚点的长螺钉,再踩着螺钉一点点往上爬,就连他这种经验丰富的老技术工人都觉得吃力。由于螺钉之间的间距很大,每往上爬一格,握住螺钉的手必须使劲把身体往上拽。而且越往上爬风越大,身体没有稳定的支撑，只能止不住地摇晃。攀爬的过程中没有足够的活动空间，还必须小心翼翼地避开各种障碍，就连将安全带固定在电线杆上并扣上安全扣如此简单的操作都需要格外注意。

那天，黄女士执意要自己爬上去操作。

时值五月，天气已经变得潮湿又闷热，下午更是刮起了潮湿的风，天空灰蒙蒙的好像要下雨。他们作业的那根电线杆立在巷子口，周围是各种新建的小公寓楼和商铺，一看就知道其高度不止十米。

"总是依靠别人，那要依靠到什么时候？我也得亲自做几次，这样才能熟练掌握啊。"

黄女士非常坚持。她戴上绝缘手套，将结实沉重的高空作业安全带缠在腰间，把折叠梯斜斜地立在电线杆下。

"我来弄吧，马上就能弄好了，你在这里帮我扶一下梯子吧。"

他好几次试图拦下黄女士，可黄女士说：

"不是，你干吗不让我操作？让你教我，你也不教，做不好又甩脸色给我看。但凡你愿意教我，我有什么做不了的？在你眼里我就是一头蠢猪，我算是受够了！"

他没有办法，只好退下来。

"螺钉很滑的，你先把鞋脱下来，贴上防滑垫会好一些。"

毕竟要完成这里的工作才能前往下一个作业地点，不能再在无谓的争执上浪费时间了。每天的工作越来越多，完不成需要写事由书，而且在安局长的要求下，事由书越写越长，越来越繁琐。他不愿因此再与安局长没完没了地争辩，更不愿搭上周末，喘着粗气奔走加班。

"你别操心了，我也能干。有啥干不了的？肯干就能干。"

黄女士一心想要证明自己，开始顺着梯子一层层往上爬。站到梯子顶部后，将两根长螺钉分别插到电线杆两侧的孔里，拧紧，然后抓住螺钉用力将身体往上拽，过了好一会儿终于站到了螺钉上。

"你还好吗？"

黄女士没有回答，只是低头望了他一眼，但再往上爬一层后，就连往下看的勇气都没有了，整个人完全僵在空中。

"还可以吗？听得到我说话吗？"

他顺着电线杆往上看，大声喊道。声音一次比一次大，却始终没有听到黄女士的回答，风把他们的声音吹得七零八落。他爬到梯子顶部，才勉强听到黄女士用微弱、略带哭腔的声音说，自己头晕脚麻。黄女士向他道歉，并且说自己再也上不去了。

"那你下得来吗？你试着慢慢下来。"

他对黄女士喊，可是黄女士依然一动不敢动，抽泣着，说这种工作对自己这样的人来说太难了，自己已经不再年轻，没法学习新的技能了。

"我给119打电话，你抓紧了，别动。"

他刚拿出手机要打电话，就被黄女士拦住了，她望着天空的方向，用尽全力大喊着"安局长""报应""蠢货""神经病""不是人"之类的字眼。他能清楚地看到她的身体在止不住地发抖。

周围商铺里的几个人跑出来问道：

"怎么了？有人受伤了？没事吧？她这是怎么了啊？"

他每次回头，都发现身后看热闹的人又多了一些。这样下去，可能真的会有人报警。这次意外要是传到安局长耳朵里，再被他报告到总公司的话，不知什么时候又会受到怎样的报复了。他仰起头，想到什么就脱口而出：

"万事开头难,多做几次就能学会了。有了经验,有了技巧,什么都不在话下。不对,应该说这种工作就算对于经验丰富的老手来说都很困难。一开始让你来干这种活,根本就是公司的错……"他继续说,"公司摆明了故意整人,让人觉得是自己没用然后主动辞职,太折磨人,太令人生气了。"他明知道自己的话全都被围观的人听得一清二楚,却没有停下来的意思。

就这样过了十几分钟,黄女士才一点一点慢慢爬下来,远远看去就像一件东西被挂在了钉子上。他站在梯子顶端,让她小心翼翼地踩在他肩膀上,最终回到了地面。双脚刚碰到地面,她就一屁股瘫坐在地上,看着他的眼睛,仿佛不敢相信刚才发生了什么。

她的手掌磨破了皮,渗出红色的血液。但恐惧慢慢消散后,她的脸上重新挂上了某种成功后的喜悦和期待。

黄女士抹了抹泛红的眼眶说道:

"你看到了吧!我今天这样足够了,成功了一半,明天再努力一点就好了。熟能生巧嘛。"

那天的工作是他一个人完成的。

爬上电线杆作业的过程中，他努力回想过去，试图说服自己，当年的他也曾对一切很陌生，青涩又懵懂。但是，当他挂在高空中，独自面对可能触电的恐惧，努力地蜷缩着身体，小心避开高压线的时候，他清醒地认识到，带着一个什么都不懂，又什么都学不会的人工作，自己做出了多大的牺牲。

5

直到六月，他才好不容易请年假回了趟家。主要是为了解决小楼201室出租的问题，这套房已经空了两个多月了。

原本住在里面的那对新婚夫妇三个月前抱怨客厅修了两次仍漏水，坚持要搬走。他和惠善只好向银行贷款，把全租金退给他们。房产中介答应给他们介绍新的租客，但没有任何新消息。

周六早上，他跑遍了小楼周围所有房产中介。

"内部重新装修一下可能还行，现在这个状态想要租出这个价钱啊，没戏。周围这么多新起的小公寓楼，而且现在离租房旺季还远着呢。"

几个月间，租房市场又跌了。全租金额降了又降，还是找不到租客。没人愿意搬进这么旧的房子里，因为不一定什么时候就会有东西出故障。可房子毕竟不能一直空着——现在每月必还的贷款利息还能想想办法，但是他们已经接到通知，一年后就要开始连本带利还钱了。

"只要有人愿意租，价格上我们尽量配合。拜托了！"

他又跑了几家远一点的中介，之后去了一趟客运站。母亲说下午来城里看望他，给他送些东西。他一直追问是不是有什么事，母亲随便找个了理由搪塞过去，说就是给他带些小菜，酱腌辣椒、凉拌沙参、糯米面、梅子汁之类的。他完全猜不到母亲亲自跑过来究竟是为了什么。

母亲站在客运站前，看到他迎面走来，便提起放在地上的包袱。他接过母亲手里的东西，听到母亲发出干哑的咳嗽声。

"和您说过咳得严重的话就去医院，您没去吧。您叫上大哥一起去一趟呀。小病不治要成大病的。"

"要去我自己就能去，还需要谁伺候着我才能去吗？"

母亲说的时候理直气壮,可是刚坐上车后座,就又咳嗽了起来。开车的时候,他不时地观察后视镜里的母亲。她习惯性地用一只手掌摩挲着膝盖,不停朝窗外张望。母亲好像突然想起什么似的叫了他一声,但最后只是简短地问了下惠善和俊吾的近况。由于母亲一直不肯去医院,他只好说服她去了趟小区附近的传统韩药房,抓了一服药材。从药房出来时已经超过四点了。

"我就不去你们家了,反正也没人在家。我们就在附近吃碗面吧。"

上车的时候,母亲这样说道。车停在树荫下,时间不长,车内还是变得热烘烘的。他发动汽车,对后视镜里的母亲说道:

"再过一两个小时孩子他妈就回来了。来都来了,看看俊吾再走呗,一起吃个晚饭。"

"周末还在上班,别麻烦她了。在附近吃碗面我就回去了。"

他拗不过母亲只好掉头,最后他们在客运站前一家专做面条的小餐馆里坐了下来。店里有些冷清,两碗韩国喜面,一份饺子很快就上来了。母亲默默从自己碗里夹出一些面条到他碗里,只是用勺子啜了几口汤。等他快要把面条吃完了，母亲才开口说道：

"最近相浩呢……"

看着母亲碗里的面条还剩下大半，他把一块对半切开的饺子夹到母亲的碟子里，说道：

"您爱吃饺子，多吃点，都凉了。"

母亲的话被打断后，好像一时也不知该说什么，默默把饺子吃完才接着说：

"相浩不是结婚了嘛，也该要生小孩了，要是每个月钱都花在交房租上，什么时候才攒得下钱啊。还是得赶紧买一套房，小一点都行。我要是有点钱的话我就帮了，但现在确实情况不允许。我想着你比你哥好一点，所以过来跟你商量商量。"

原来母亲操心的是他的侄子——去年冬天刚结婚的相浩。他还记得当时为了礼金的事情跟惠善吵了一架，最终把半个月的工资包了进去。他觉得自己已经尽到一个叔叔的责任了，而且就算不给这笔礼金，一直以来他作为叔叔该做的事一件都没落下。不过他只是静静地听着，没有吭声。

"就你们两兄弟，这些事我也没别人可说。你要是能借点给相浩，他肯定会慢慢还给你的。就算用借的，也得早点买套自己的房立足啊。他爸妈要是有能力当然最好，但你也知道你哥的情况。"

母亲说话的时候，他让服务员打包了两份饺子，又把碟子里剩下的饺子一个一个夹起来慢慢吃掉，却没有回答母亲的话。埋单，走出店门，把包装好的饺子塞到母亲手里后，他才说道：

"我回头给相浩打个电话。您记得吃药。"

"嗯，你一定记得打啊。要是你哥问起，你就假装不知道，他要是知道我跟你说这些，肯定得闹脾气。"

周六晚上，客运站的候车厅相当拥挤，他好不容易才找到一个空位，让母亲坐下，自己在旁边站着。母亲的车晚了二十分钟才到。直到广播开始播放上车通知，乘车口开放后，母亲才从包里掏出一个信封说：

"你什么也不用说，拿去给俊吾。没多少，给他就是了。"

母亲把信封对折两次，然后将其卷成了圆筒。他收下信封，没说什么。他目送母亲乘坐的大巴开出停车场后，便离开了客运站。

过了七点惠善才到家。玄关刚传来开门的声

音，就听到她问：

"你回来了？妈怎么就直接回去了啊？"

他说自己带母亲抓了一服韩药，之后便送她回去了。两个月没见，惠善好像又瘦了些，不过气色却好了很多，两只手活动自如，手腕的伤疤几乎愈合了。

"我给你寄的衣服没收到吗？放了几件凉快的短袖衬衫和裤子，你怎么不穿啊？穿成这样不热吗？"

惠善把他从头到脚打量了一番，一边把买回来的东西放到洗碗台上，一边问道。

"你吃过没？晚饭吃的什么啊？我买了些猪肉，用来烤的，但比较费时，要不出去吃？"

他回答说跟母亲很晚才吃的午饭。惠善又继续念叨着，他宿舍怎么样，还有没有什么需要的，要不要拿一些泡菜和其他小菜带过去。他靠在沙发上，有一句没一句地应答着，不一会儿眼前渐渐变得模糊，直接睡了过去。

第二天早上，一家三口才有机会坐到一起。

早饭过后，俊吾收拾东西准备去自习，走到玄关时，他叫住俊吾，把母亲给的零花钱递给他。等孩子出门后,惠善才从房间里走出来,手里拿着小楼的出租合同。201室已经空了,剩下三间房,其中两间的合同很快就要到期了。

"201一直这么空着就麻烦了。301说再住一年。101还没表态,不过他本来就是按月交租的,要不干脆给他降降月租?"

那天的天气很好。他往返于阳台、浴室、鞋柜和置物台之间,收拾自己所需的物品。妻子的声音忽大忽小、忽小忽大,一直跟在他身后。他把薄被、工作鞋、除湿器、防虫纸和毛巾放入行李箱,行李箱很快就满了。他用身体压住行李箱,艰难地拉上拉链,然后将剩下的物品一件件装进纸箱。

"卖了吧。"

他把收拾好的行李和纸箱整齐地摆在玄关,打开鞋柜,拿了一双作业鞋,冷不丁地说道。餐桌旁的惠善一下子从椅子上站起来,追到他跟前问道:

"你刚说什么?"

"现在能卖就卖了吧。"

他抬起手看了看手表,又说了一遍。想到差不多该回去了,线务局瞬间浮现在他眼前。一同充斥他脑海的,还有那巴掌大、潮湿、散发着霉味的房间；每天在那个房间里睡着、醒来，然后为工作奔波劳碌、与时间赛跑的自己；那些对他充满敌意和嫌弃的人；在他们的包围下，不得不自我调适心情的那些时刻。

"一时半会儿怎么可能卖得出去。就算现在辛苦点也得留着。本来就是冲着日后拆迁买的，现在卖掉就亏了。你心里也清楚的呀。到了秋天肯定能租出去，我再去中介转转。而且没有租客，别人也不愿意接手。"

看到惠善满脸错愕，他只是点点头，然后便提着行李和纸箱出门了。惠善一直送他到客运站。坐在出租车上的时候，她不停地低声跟他交代，按时吃饭，不要忘了吃维生素和营养品。

"孩子他爸。"

就在他准备迈上大巴的那一刻，惠善叫住了他。

"太辛苦的话就辞了吧。反正能领到退休金，还有养老保险。再说了，你有技术，最近……"

"回去吧。有事给我打电话。"

他打断惠善，交代了这么一句便上车了。他没有信心向妻子解释，为何那个决定每天都在脑海里浮现几十次，不断地诱惑自己，自己却始终下不了决心，依然选择留在这家公司。他也没有信心说服自己，放不下的究竟是什么，而自己又要以这样的方式再坚持多久。然而可以肯定的是，对于眼前的一切，他并非没有退路，是他自己选择了这条路，并自愿承担后果——如果非要向谁解释什么，他能说的恐怕也就只有这些了。

6

星期一，他和黄女士总共分到了七单业务。

作业地点东一个西一个，作业类型也各不相同，很难安排路线，因此他决定先从最偏远的那栋三层小楼开始。不到七点他就出发了，计划赶在黄女士上班前把那里的电话线和网线安装好，再回线务局与黄女士会合。

"不要把线露在外面，我最讨厌那些线吊在外面晃来晃去的了。"

三层小楼的主人是一个年轻男子，一边说一边向他招了招手，示意他走上前来。他回答说正在想办法，问题出在电话线上。要从院子另一侧的小巷子里把电话线从通信杆上引过来，不穿过院子是不可能的，更何况院子里还有棵大柿子树拦在中间。他徒手折断了几根粗壮的树枝，仔细规划了避免电话线直穿院子的方案，最后决定将电话线从树枝中间穿过，再连接到屋顶的一角。

他不断地攀上爬下，往返于柿子树和小楼之间，三层楼梯一次次上了又下。他单肩扛着折叠梯，仰头规划走线，攥着工具熟练地操作，汗水顺着背脊不断流淌，打湿了衣服。肌肉和关节传来了久违的疼痛，那是身体留下来的记忆，是只属于他自己的。

"我说了不要把线露在外面啊！你听不懂我说的话吗？"

男子指着电话线，吼得越来越大声。站在三楼的阳台向外看去，确实能看到一条电线从院子的角落拉到屋顶，不过不是特别明显，不仔细看可能都发现不了。他又试着调整了好几次，却始终找不到完美的解决方案。只好向男子解释说，因为通信杆的位置和屋顶角度的限制，实在没有办法，希望能够谅解。但对方只是点了点头，看似同意却转身又提出了同样的要求。他说屋内已经按照男子的要求把电线整理得不露痕迹了,但屋外确实没办法。男子并没有因此让步。他最后也无计可施,只能做好收尾工作便离开了。

过了一个星期,局长叫他过去。

那时已经过了下班时间,他独自留在公司清洗工程车。局长把一份顾客投诉推到他面前。字体太小,他甚至看不清上面写了什么。

"前段时间你为一栋三层小楼施工,对吧?那家住户给客服中心打电话了。你是跟黄姐一块儿去的吧?"

他瞬间想起了那家住户,男子的表情他记忆犹新。阳台下一览无余的院子、充斥着油漆味的室内空气、房屋的内部格局,他记得一清二楚。

"应该是我自己去的。那天工作比较多,应该是我在黄女士上班前自己赶过去施工的。"

"不是黄姐施工的?"

他刚想向局长解释电话线为什么那么安装。最近已经没什么人安装固定电话了,并且乡镇里的通信杆通常离得很远,中间隔着田地,所以实在没办法。但局长只是让他返工,甚至说必要的情况下要争取住户的原谅,对方满意为止。原谅?听起来好像是他做了什么无可挽救的错事一样。

"先不说这个,你为什么对别人的事这么上心?"

局长摘下眼镜,揉着眼睛说道。可是他不明白局长这话是什么意思。局长压低嗓子继续说道:

"我问你为什么要插手黄姐的工作?再怎么没有眼力见儿也不至于这样吧。我本来不想说的,但你还真的什么都不懂啊。"

局长起身把半敞开的门关上,回来接着说,黄女士一个人占了一套宿舍,导致一些男员工无处可住。

"我也了解黄姐的苦衷,但来这里的人谁没点苦衷。她也太自私了啊,只考虑自己。现在总共有六套宿舍,一般是三个人住一套,也有四个人住一套的。但是黄姐一个人就占了一套,你觉得剩下的人会怎么想?"

局长手里攥着一支圆珠笔,轻轻敲着桌子的边缘,等待他的回答。他想,既然公司答应给员工提供宿舍,那么调配宿舍自然应该是公司的责任。

"那也不是黄女士的错啊?"

他很想反问一句,但最终还是忍住了,没有开口。

局长说，以后他俩的工作平均分配，每天早上确认当天的工作，分配好任务，各自行动，不要干涉对方的工作。他还有话要说，但被局长打断了。

"黄姐那边我来说，你不用管。"

他愣了很久，确认局长没有其他话要说了，才退出了办公室。虽然不是自己的错，但他还是忍不住对黄女士感到抱歉。同样无法抑制涌上心头的，还有一种期待和解脱——他的工作量终于可以减轻一些，也不需要去做额外的工作了。他似乎终于看清了公司的真面目，看清它是如何在亲近的同事之间制造纠纷，又是如何精明又狡黠地引发仇恨和不满。

顾客的投诉越来越多。一周前的、两周前的、一个月前的……追溯的时间越来越久远，而且都是针对他的。

"不亲切""施工慢""噪声大""不收尾""没说明"……

投诉内容太过简略，以至于他根本想不起到底是什么时候、在哪里做错了什么。可越是这样，他就越是执着地想寻找一个答案。他不断地确认施工的日期，仔细回想施工当天的全过程，甚至包括自己说了什么话,脸上挂着什么表情,对方有何反应……

"我不亲切吗?"

他反问自己,越想越觉得自己好像真的不够亲切,觉得自己犯了无法挽回的错误。但他可以肯定,自己每天对着不会说话也没有表情的设备,忙着修理,算着紧巴巴的时间四处奔走,绝对不是故意让顾客不满或不舒服的。

7

天气越来越闷热。

夜里的蚊虫扰得人睡不着觉,下水道涌上来的恶臭占领了整个屋子。洗碗池内侧、洗手间门口,还有他房间的墙壁都长满了黑漆漆的霉斑,看着很不舒服。

他想叫上老崔和老权,赶在七月前把破旧的洗碗池和洗手间彻底清扫一下,然后给所有窗户都换上新纱窗。但老崔和老权一直以各种借口推脱,六月末了还没有任何进展。于是七月的第一个周五,他努力用平静不带情绪的语气,再次提议,在周末完成清洁计划。

深夜才回宿舍的两个人再次拒绝了他的提议。

"我明天有事,我没说过吗?"

老崔最先回到了自己的房间里。老权像没听见他说了什么一样,重重地关上了房门。他有预感,事情很快就会变得更糟糕。第二天他花了一早上的时间,换了洗碗池下橱柜的合页,老崔和老权就跟什么都没看到似的,好像他只是个幽灵。快到中午的时候,老崔出门了。老权把自己关在屋子里,中午一过便换了衣服离开了宿舍。听到大门关闭的声音,下楼的脚步声越来越远,他反而觉得如释重负。

他把晾干的衣服叠好,独自吃了早午餐,然后将洗碗池和玄关简单收拾了一下。他原本没想彻底打扫干净,可到处都是收不完的垃圾,扫不完的灰尘。他扫干净地板,又拖了一遍,还用清洁剂打出泡沫,将积了不知多久的污垢清理干净。忙碌让他暂时忘记了自己的处境,获得了一丝平静。最后他打开宿舍所有的门窗,准备做一场彻底的大扫除。

他全部收拾完,已经接近傍晚了。

他走出宿舍,沿着大路散步。已是盛夏,原本青翠的田野变得葱茏浓郁。季节的气息，久违了，他放任自己沉浸其中。穿过两个阴暗却宽阔的隧道，远远就能看到江边一排低矮的公寓楼。他走上停靠着许多鸭子船的老旧小码头，吹着湿润温热的风。每走一步，脚下枯朽的木板都会发出咯吱咯吱的响声，不远处几艘鸭子船吱呀吱呀地朝江心划去。他一下子陷入了这种小城镇独有的安稳和宁静之中，随即意识到，这种安宁和闲暇根本不属于自己，从某种程度来说，这甚至是一种完全不可能出现在他生活中的奢侈品。

他这一辈子，从来不觉得自己有什么魅力或特别之处，也从未奢望周围人的关注和羡慕。然而与亲近的人交心往来，维持平静质朴的生活，对他来说并非什么难事。只是不知道从什么时候开始，他觉得自己的身体深处，好像有什么零件停止了运转，甚至可能已经彻底损坏，无法修复。

他看到一个小区居民开的跳蚤市场，便逛了起来。在那些过季的衣服或早已不再流行的物品中游走，时间似乎过得特别快。他在那里吃了碗乌冬面，买了一袋烤红薯和玉米，接着踩着洒落一地的晚霞回到了宿舍。

老崔和老权直到夜深才回到宿舍。屋内焕然一新了——洗手间的地面干净整洁，新换的纱窗一尘不染。更重要的是臭味没了，空气变得清新，呼吸也顺畅了许多。但是谁都没有对此有任何表示，反而在他经过的时候，面露不悦，转过身去。还没等他开口，两人便蹿进了老崔的房间，一副避之不及的模样。

他咬咬牙，敲了敲房门，但没有任何回应。二人进屋后发出的窸窸窣窣的声音反而停止了。他打开门走进去，老权从老崔身边站起来想要离开，但被他拦下来。

"你们对我这种态度，至少要告诉我原因吧。"

老权背过身，没有吭声。倒是斜靠在床头抽烟的老崔说话了：

"那你想干吗呢？这种事情你问我们干吗。"

语气里充满了不耐烦。

他试图说服他们。大家住在一起，这种态度谁都不好过，有什么不满，说出来就好了。但回馈他的只有更冷漠的回答：

"你以为我来这里是为了跟大家和乐融融过日子？我看起来像那么优哉的人吗？"老崔瞪大眼睛。

他强忍住转身就走的冲动,说:

"那我也得知道原因啊,你们不说我怎么知道?而且本来人和人相处……"

刚说到这儿,老权便打断了他:

"没什么好知道的,你也没法知道。受不了就辞职,不想辞就搬走,而且你本来就是暂住在这里的。"

他还想再说些什么,老权却头也不回地离开了老崔的房间。老崔躺在床上,瞪着他不说话,他只好离开。那天晚上他决定不再和那两人有任何交集。迫不得已的情况下,他会把要说的话写在便签纸上。他那天放在洗碗池边的烤红薯和玉米,直到长出灰白色的霉菌仍没人处理。

就这样又过了两周,他收到了第一份内部警告。上面说由于针对他的顾客投诉太多,公司的形象和信誉遭到损害,请他务必提高警惕。

8

房地产价格暴跌、利率上调,这类原本只是简短出现在电视节目或报纸的消息,终于在八月成为现实。在那之前,他的职务被解除了,他从设备1组正式被调到了业务协助组。第二次调岗,他的薪水又降了一级。

每天早上,他必须早早离开宿舍,走路前往线务局。老崔和老权摆明了不愿与他有任何接触,所以天一亮他就出门了,每天都跟犯了事要跑路一样。走到线务局大概需要三十分钟,每天早上走着走着,他都会觉得自己好像被什么人用卑鄙下流的方式,忽悠到了一个巨型格斗场的中央。身旁的另一个自己,摆好姿势,死死盯住一个看不见的对手,滑稽地等待着一场随时可能开始的决斗。

"这个嘛……你要不要去发传单?"

原本局长告诉他只要每天上下班打卡就行,但他一直要求安排工作,局长只好这么说。说白了,局长希望他跟其他人一样,忍无可忍,自动离职。可他并不想像其他人一样,每天在办公室附近闲晃,到了饭点就吃饭,吃完饭就抱着圆滚滚的肚子等下班;也不想被别人嘲笑为什么事都不干、只会等着发工资的废物。他也不愿这样想自己。

他穿梭于公寓楼和商业街之间,在破旧的小住宅楼里跑上跑下,张贴宣传单,上门回收淘汰下来的调制解调器，记录通信杆的位置和信号强度，然后将这些工作事无巨细地记录下来，汇总成报告提交上去。他想用这些报告，记录下生活赋予自己的每一天，以及自己是如何度过的。明知道那些报告根本没人看，会被随手扔掉，他还是坚持这么做。

"你现在怎么样啊？也没说让你待到什么时候吗？真是的，这些人太过分了。"

降了两次工资，他也没能好好跟惠善解释，倒是惠善常常小心翼翼打来电话关心他的近况。又过了一个月，惠善不再拐弯抹角。某天，她开始详细地给他计算最近的家庭收入和开支，有时甚至会用非常冷静的语气罗列下个月、下下个月，乃至一年后他们需要面对的问题。

"我上次不是跟你说过吗？铁路厅在招人。朋友提前给你搭好线了。只要你愿意，可以先帮你看看简历。你要不先投过去试试？"

一天，惠善在电话里这么说。在这之前，他已经拒绝过好几次了。听到他没有说话，惠善便继续说道：

"你就投个简历吧，这有什么难的呢？他们不是把你调到莫名其妙的部门了吗？一会儿让你干这，一会儿让你干那，不就是让你离职的意思。孩子他爸，反正你在那里也待不了多久了，你这样下去我们怎么活呀。"

这时，他似乎听到客厅有动静，像是有人打开了冰箱又关上，紧接着洗手间传来冲水的声音。他朝门的方向看了看，压低声音说道：

"你又说这个干吗呀。"

"你是担心退休金吗？那个少拿点就少拿点吧。拿不到也死不了。工作是为了生活，咱不能为了工作活着呀！"

惠善提高嗓门，从手机听筒传出的声音从远处都能听到。他决绝地说，几十年一直做的事情才是自己的工作，对其他的没兴趣，还说自己没有信心攀上一棵别的大树，也没有时间和精力从头开始学习新业务。事实上，他希望从公司得到的，本来就是他应得的。"尊重""理解""感恩"和"道义"，听起来好像很宏大，其实都是理所当然。

"我也不是不理解你，但是你也知道啊，不是一两个月了，一直都这样。明知道不行的事为什么要这么执着呢？我说的有错吗？"

从表面上看，他的生活并没有什么太大的变

化：他和惠善都在工作，也都有些积蓄，只要削减开支，生活还是可以正常运行的。真正让惠善感到煎熬的不是当下，而是未来——是那种无法未雨绸缪的无奈，还有对于未知的担忧。它们一步步向她逼近，一旦窥探到她的一丝不安，便会迅速幻化成巨大的恐惧，张牙舞爪地将她吞噬。而他面对的，说不定也是这些无影无形，却在不停拉扯他的情绪。

他总是一言不发地听着妻子的抱怨，所以每次通话都无疾而终。围绕在他身边的那些事情全都指向了同一个方向。可是他也说不清楚，自己为什么要如此坚持，为什么每次都咽不下那口气。他也很想知道究竟是什么把自己渐渐变成了另一个人。

两个礼拜后，公司要裁员的消息流传开来，他才朦朦胧胧猜到老崔和老权为何对自己如此冷漠。局长更是毫无遮拦地把"离职"之类的字眼挂在嘴边，对他和黄女士不加掩饰地百般刁难。又过了一周，传来了黄女士要离职的消息。

又过了几天，星期三早晨，黄女士在离开办公室时大声吼道：

"把人当成狗，不把人放在眼里。把人逼疯了你们就高兴了？碰见了装没看见，当别人不存在，你们全都是一副嘴脸。以为我是女人就好欺负。你们以为只有男人才是一家之长？告诉你们，我也是一家之长！凭什么你们留下来却让我走！你们知道我每天晚上都在想什么吗？我想一把火把这里烧了，大不了一起死呗。你们这样还算是人吗？不知羞耻！告诉你们，你们比公司更恶心，禽兽不如！"

他顺着铁楼梯往上走的时候，正好撞到走下来的黄女士。他微微点头，想侧身走过去，结果一下子被黄女士拽住。她直勾勾地盯着他说：

"你听着，我在自己的工作岗位上也是个能干的人，当话务员的时候没人比我干得更好，连我自己都数不清受过多少次表彰。我也有我的经验，我的专业技能，但来到这里就成了一个什么都不懂的白痴、蠢货、废物。但那是我的错吗？你说，是我的错吗？要说错，也是那些把人逼到这里，把人变成白痴、蠢货、废物的人的错，不是吗？"

那天以后，他总是不时想起黄女士这番话。即使有些具体的词句记不清了，她的神态和语气却始终清晰地刻在他的脑海里。他觉得自己好像一开始就做错了，不该没头没脑地帮助黄女士，分明就是自己闯了祸又无法收拾，最终却让自己和黄女士都深陷泥潭。

9

宗圭的路祭在九月举行。

他也在现场，就在那条宗圭上下班必经的路上。站在四车道中央，可以看到两侧起伏荡漾的江水。出殡的队伍几乎是在警察的簇拥下顺着其中一条车道缓慢行进。

他行走在穿着白色雨衣的人群中。几个人举着巨大的旗帜走在队伍最前面，另外一些人则举着小旗子、标语或横幅紧随其后。八人抬的架子位于队伍中央，上面放着一口木棺。木棺用白布裹了起来，在被风吹起的旗帜中若隐若现。天空下着雨，风却炎热又潮湿。雨水打在沥青地面，激起一股股热气，眼前的景物变得模糊。

在警察的指挥下，队伍暂时停下脚步。

他抬起头，看到对面驶来的车辆缓缓经过，有人从车窗里探出头来好奇地张望，也有人鸣笛表示自己的烦躁和不满。他长久地注视着江里泛起的波浪,觉得自己并非停在原处,而是被江水一点点推着向前。

直到警察再次发出指令,队伍才又缓缓前进。

他似乎被一种不真实包围着,机械地迈着步子。不知道从什么时候开始,人群呼喊的口号消失了,周围人说话的声音也听不见了,似乎只剩下自己……不对,似乎有许许多多个不曾为人所知的自己,一个个逃了出来,走在自己身旁。转头,能看到过去的自己、从未见过的自己、完全不像自己的自己……他们与他呆呆地对视。

为自己的信念全力以赴的人生……

他看到的可能正是一种领悟,或者是一种反思——他追求的这种人生,或许对其他人来说,太冷漠残酷了。

队伍慢慢行进到宗圭生前任职的分公司办公楼附近,楼后面就是宗圭工作过的厂房。公司的人拦在十字路口,誓死要阻止游行的队伍前往办公楼。双方在那里僵持了约莫二十分钟。

"王八蛋!"

他终于朝紧紧盯住队伍的公司职员们吼了起来。

"你们这是犯法的,请退回去。"

听到这儿,他几乎要朝那个发出警告的职员扑过去,揪住对方的领子。要不是周围的人竭力拦住了他,他恐怕已经完全丧失理智。后来大家坐上租来的大巴,准备前往墓地时,已经快到下午了。

他突然想到宗圭那已经萎缩得不成样子的身体正躺在那个狭窄又黑暗的棺材里。不对,里面躺着的或许已经不再是宗圭——他和同事们记忆里的那个宗圭,早已消散得一干二净了。

宗圭最后被埋在了他父亲沉睡的那座山上。

人们在地面挖出一个长方形的大坑,把棺材吊起来,慢慢放进坑里。随后,他跟其他人一样为宗圭铲起一锹土,撒到棺材上,接着退后几步,怔怔地看着装着宗圭的木棺一点点被泥土覆盖。人们依次拿出准备好的悼词念了起来,不时的啜泣让嗓音的强弱失去了重点。

他的心已经丧失了所有的情绪,那些悲伤、失落、愤怒和剥夺感之类的情感好像渐渐离自己远去,一步、两步……最后只剩他自己。他如一个旁观者,远远地望着那个复杂情绪笼罩下的空间。

第二天早上回到线务局,他才知道自己昨天提交的请假单被驳回了。局长说这属于无故旷工，要给他发书面警告，而这之前他已经接到过两次书面警告了。

"法律规定一个月至少可以请一天年假，不是吗？"

他问道。局长则不咸不淡地反问，去参加工会的活动怎么能算因私请假呢？聚在一起那么激烈地讨伐公司、说公司的坏话，怎么能说那只是一场普通的葬礼呢？

"谁说的？谁说我们在那里说公司的坏话？"

"不管谁说的，根本就不重要。你就辞了吧。现在给你开出的条件也不差啊，你自己也知道的呀。很多人辞职的时候还拿不到这么好的条件呢。你也放我一条生路吧，拜托了，可以吗？我也要被折腾死了。"

他什么也没说，扭头就走了。

第二天，他发现出勤表里自己的名字已经被删除，他成了"待调配"状态。又等了几天，人事负责人还是一直拖延，不愿跟他通话。到了星期五，局长下了最后通牒，说不用再来办公室了，周末就离开宿舍吧。

他心里已经感受不到任何情绪了，那种会像潮水一般静静涌上来，翻腾着淹没自己和旁人的波澜，已经不复存在了。他也不再对自己或他人报以怜悯和同情了——自从他不再期待和相信事情会有转机之后，那些总是在心里翻涌的情感也随之渐渐枯竭了。

那一周，他给母亲打了一通电话，像是在完成一项拖延已久的作业。虽然是为了商量侄子相浩的事，但他几乎一言不发只是听母亲说话，快要挂断的时候，他才三言两语地说明了自己的近况，明确表示帮不了相浩，语气好像在念一份准备已久的稿子。电话那头的母亲似乎有些吃惊，没有吭声。他从来没有用这种方式跟谁说过话，甚至在最后，他决然告诉母亲，老家房子的修葺费用他也无力承担了，剩下的就让大哥解决吧。

那是十月上旬的事情。

第四章

1

直到第二年春天,他才见到了总公司人事负责人。

那时距离他加入工会已经超过半年。半年来,他成了工会成员,接受了培训,参加过游行,还曾在总公司大门前静坐示威,与其他同样拒绝退休的同事一起展开了持久的抗争。最后法院判定公司应当恢复工会分会长及部分工会成员的职务,那时已经是四月末了。

"我们未能及时联系您,真的很抱歉。"

负责人的态度毕恭毕敬,那语气听上去好像根本不知道他和公司发生了怎样的矛盾,于是他也装出无事发生的样子。负责人开出了条件,说工资不低于现在的80%,职务明确且单一,派驻外地期间人事关系挂靠第三方劳务公司,不归总公司管,但工程项目结束后,可调回总公司。他接受了。负责人接过他签好的知情同意书、合同、入职申请书、家庭关系证明等材料，仔仔细细确认了一遍，最后告诉他要往好的方面想。

他前往新的派驻地之前，抽空去了趟老丈人家。

把小楼贱卖了之后，他和惠善的关系一直磕磕绊绊的。往往张口的时候还风平浪静，转眼便乌云密布，嗓门儿像雷声一样越来越响，伤人的话像雨点一样争先恐后打下来。每到这时，儿子俊吾便会把音乐声开到最大，或是重重把房门一摔，提醒他们自己的存在。暴风雨结束之后，俊吾似乎刻意躲他，但他还是能从儿子脸上读出他内心的情绪，不免有些心疼。

他们夫妻只要一见面就免不了吵架，所以惠善也有意地避开他，搬回娘家。惠善搬走不过半天，他便觉得心里不是滋味。某天，失落和忧郁相继占据了他的心，痛定思痛之后，他反而产生了一种好胜心理，迫切想要证明自己是对的。

"啊，你来啦。惠善和她妈出门了，应该马上就回来。"

那是一个工作日的下午，只有老丈人在家。老丈人应门有些慢，开门后迈着迟缓的步子走回沙发，两条腿由上至下紧紧缠着保护带，就像两条白花花的高粱秆。他坐在沙发另一端，问候了一下老丈人的身体状况，老丈人简短回答之后，他俩便无话可说。如果没有电视的声响，屋里可能静得连时钟指针走动的声音都能听得一清二楚。

"听说你们把小楼卖了？"

沉默许久后，老丈人问起了小楼的事情，眼睛始终看向电视机。他回答"是"，气氛再一次沉默了下来。半敞开的阳台窗户时不时传来狗叫声和孩子们的交谈声。他想告诉老丈人，这也是不得已而为之，当初买下这栋小楼，主要是被拆迁、重建之类的说辞忽悠了。那栋小楼破旧得好像一推就倒，自己也没有能力偿还贷款和维护了。

"你也有你的难处嘛。工作呢？工作怎么样？"

但还没等他开口，老丈人就转头看着他，问起了他的工作。

他知道惠善不是那种会把家里的琐碎挂在嘴边的人，他不愿多说的事，惠善也不会特意提及。然而，老丈人的眼神透露出信息，仿佛早已知晓了一切。这倒是让他有些如释重负。他坦白告诉老丈人,自己被调派到一个地方小县城了,人事关系会从总部迁出,转到第三方劳务公司,没有明确的期限,等工程完工后就能调回总公司,但事实上能不能兑现还是个未知数。

老丈人静静地听着,好像早早做好了心理准备,这也让他短暂地感到了一丝安心。

"哪能说放下就能放下呢,对吧?"

老丈人听到一半冷不丁地问道。那时他正极力解释着,说什么事情都没个准信儿,所以也没有别的办法。

"要能放得下的话,你肯定早就辞职了,对吧?唔……具体的我也不懂。现在变化那么大,跟我当年工作的时候相比,根本是一个天一个地了。人嘛,总有那么一两件事放不下。"

老丈人说起自己三十岁左右的时候、刚过四十的时候……好几次差点放弃做木工。他静静地听着,脑海里仿佛出现了年轻时的老丈人——虽然他从未真正见到过。老丈人还说,有时候甚至会厌恶木工的工作,但不得不回到原点,回到观察、砍削、打磨木材的工作中。说完,怔怔地看着阳台许久。

下午的阳光斜斜地一直照进屋子深处,将老丈人夫妇住的这套安静的房子照得透亮。屋里的家具物品都极其简朴，没有任何多余的东西。很多东西仿佛写着二老的名字，端端正正地守在它们该在的位置。他突然有些感慨，二老是经历了怎样的风霜，才换来了这一份宁静祥和。

"工作是很奇妙的事情。一旦熟悉了，想换就不容易了。说是工作吧，又哪能只有工作啊。要跟人打交道，还得去了解这个世界。我最近膝盖疼的时候就想，要是当年干点儿别的工作，今天会是什么样呢。但人生谁能说得准。"

那天晚上他在老丈人家吃了晚饭，最后和惠善一起回了家。

他觉得他和惠善的关系似乎有所缓和，不那么剑拔弩张了，但似乎仍有一面看不见的墙挡在中间。直到第二天早上，他才对她开口说，自己会努力的，想最后再相信一次公司。然而她一直望向别处，好像根本没听见，直到最后也没有回应。

他知道，惠善看似默许，其实是因为她早已彻底放弃，不抱任何希望，也是一种无可奈何。

2

78区1组9号。

这是公司给他安排的部门和称谓。

他整整开了四个多小时的车,才到达工作地所在的那个小县城。快到村口的时候,双车道上,车辆排起了长龙。前方一个帐篷拦在路中间,蓝色防水布下站着一群衣着鲜艳的村民和三四个警察。似乎发生了什么纠纷,远处的吵闹声传到了他车里。

他打开车窗,探出头,看了一眼。前方不少车辆直接压过双黄线掉头离开了,还有些人干脆下车大声嚷嚷。他留在车里,感受到一阵阵热浪从沥青路面涌上来。等了四十多分钟,才看到一辆警察大巴朝这边开来。一群特警从上面下来,半强制地把人群驱赶到道路一旁,堵得严严实实的车流这才缓慢移动起来。时间已经又过了约莫一个小时。他跟着警察的信号,一点点踩着油门前进。

"干吗来的?"

村口一个老人拦下他的车,问道。他打开车窗,说自己是来办事的。

"办事?办什么事?你是准备住进公司宿舍的

那个家伙吧?来得正好,告诉你,凡是那公司来的王八蛋,一律不让进。记者也好,警察也好,全都不让进。来了也没用,回去吧。"

老人边说,边用拐杖敲他的汽车引擎盖,发出"咚咚咚"的声音,引得两个年轻人走过来。几个人围着他的车,大声警告他。三四个警察见状,追上来,强行把几个村民拉开。而他全程坐在车里,静静注视着车辆的前方。

最后好不容易开出一条道,一名手拿对讲机的警察大声说道:

"放他过去,放,放!放他过去!你进去吧,进去。"

车很快进入了一条仅容一辆车通行的小路,放眼望去,两旁是一整片一整片的农田。远处几个农民弯着腰在农田里穿行,身体好像有一半浸在水里。刚刚插好的水稻苗迎着微风轻轻摇晃。

宿舍位于村子后方,后山路口的一侧,是一座废弃韩屋改造而成的,远远看去又破又旧。院子十分宽敞,他把车停在角落,卸下行李。一个男子正蹲在水龙头前清洗辣椒和黄瓜,看到他便起身冲他打了个招呼。

"来得挺早啊。他们这么轻易就放你进来了?今天来了可多人了。对了,你有蚊香吗?每回进城都想买一个但总是忘记。"

他打开行李箱,找到蚊香和常备药,将他们递给对方。男子兴奋地说:

"想得很周到呀!这些东西都准备好了。今天晚上能睡个好觉了。哎!阿三!三儿!我们今晚能睡个好觉啦!"

话音刚落,院子后面出来一个人,是一个个子不高、有些胖的青年,走起路来一瘸一拐的。青年看到他望着自己的腿便说道:

"啊,腿、我的腿?几、几年前,从电、电线杆上,摔、摔下来。我、我要上、上去接、接线,结果,突然,一辆卡、卡车,撞过来。说、说是没看见,其、其实是喝、喝醉了。有、有蚊香了?上、上次想上、上网买的,但这、这里太、偏僻,要凑、凑够一定量,快递才、才给送。"

说完,青年长长地吁了一口气。

青年在木头凉床[1]上摆好饭菜,坐下来。蹲在

---

1 韩国常见的一种家具,多放置在村子和小区的空地上,城市居民院子里,或是杂货铺和小超市前面。通常用木头制成,方形,较矮,可坐可卧,供人们休闲使用。——译者注

水龙头边的男子也拿着洗好的黄瓜和辣椒走过来。昨晚做好的饭菜，这会儿已经散发出一丝酸味，不知道从哪儿买来的小菜又咸又辣，让人根本提不起胃口，最后他碗里的饭剩了大半。吃完饭后，青年冲了三杯冰咖啡。

他将咖啡一饮而尽，问道：

"你的名字叫阿三？"

"不、不是，不是名字。我是3、3号，所、所以，叫、叫阿三，那、那位大、大哥，是7、7号，所、所以叫七哥。"

3号说完，7号又补充了一句：

"随便叫就行，编号也是公司随机安排的。据说这个村里的工作人员都是10以内的编号，不过谁知道呢。总之，旁边那个村子是从12号开始排的，那边也有几间宿舍，具体有几个人就不知道了。不过话说回来，这里要建几个信号塔？"

"一开始，说、说两个，后来又、又说要加、加一个，然后又、又加了一个，所、所以是四、四个？反正不、不超过五个。那什么，总、总公司来、来的那、那家伙，说……"

"你又来了，什么那家伙，说话小心点。"

他只是听说公司要在村子后山上建信号塔，别的一无所知。一开始要建移动通信基站，能抵御各种自然灾害的那种，但最后先建了信号塔，明眼人都知道，他们是想借此垄断附近的通信业务。

天色很快就暗了下来。奇特的是，不远处竟然传来了牛叫声，有时远山里的鸟叫声乘着凉飕飕的晚风传过来。直到夜深了，他才跟7号从宿舍开始一点点向外兜圈子，借此了解村庄的地形。

"你看到那边那个天线了吗？那里是村公所。外来的人一般都去那里，记者啊，市民团体啊……以前志愿者也常来，现在少了。还有那边，塑料大棚前面的房子，看到了吗？那里住的是一对年轻夫妇。再过去就是里长[1]的家。"

黑暗中，7号的声音忽大忽小，周围吵闹时他便提高嗓门，安静时又沉下去。7号又解释了两次，问他：

"你差不多都了解了吧？"

深夜的村庄几乎没有什么灯光，房屋看起来全都黑乎乎的，一个模样，他甚至连方向都还没分

---

1 韩国基层体系中小型村子的村长。——译者注

清。

"你刚才说那里是村公所吧?"

"村公所在这边。你看啊,从那边路口进来,它就在左手边。那边是什么记得吗?"

"年轻夫妇住的房子?"

"不是。那是里长的家,它前面是年轻夫妇的家。这不是刚刚新盖了二楼吗?你看,有个大阳台,整个占地面积也很大的。旁边呢?"

"好像是刚有人过世的那家吧。"

"没错,刚办了丧事没多久。原来住着一对七十多岁的老夫妻,老大爷不久前过世了,不确定是出事故了,还是得了癌症,反正就是这么一回事。"

7号又为他解释了三四次。那天的行程才告一段落。

7号说明天一大早就得起床干活,特别嘱咐他今天早点睡,接着便回了自己的房间。用作宿舍的这座韩屋一共有三间房,一字排开,房间外面是一条长长的檐廊[1],正对着院子。房间太小,关上门

---

[1] 与中式建筑的檐廊不同,韩屋的檐廊是架空的,略高于地面,属于房间向外的延伸空间。——译者注

太憋闷，开着门又会有蚊子飞进来，根本无法入睡，点上蚊香也没用。

最后他提着薄被走出了房间。凌晨的空气从山上一路倾泻下来，凉飕飕的。

"怎、怎么了？太、太憋闷了吗？你到、到这儿睡吧。我、我也是，刚、刚开始的时候，睡、睡不好。但也比冬、冬天要好。这里暖、暖气不行，真、真的很冷。而、而且也不知道，村、村民什、什么时候会、会找上门、门来。"

3号在檐廊支起了一个简易蚊帐，睡在里面。看到他出来，一边招呼他，一边往旁边移。他本想聊几句就回房间，但对话不知不觉持续了好久。3号说自己来这里工作已经超过八个月了。在他看来，3号也就三十多岁，不到四十岁，其实还有很多别的机会，没必要耗在这里。然而，他最后只是简单地问了一句：

"你还年轻，学点新东西，不是更好吗？"

3号说自己没怎么考虑过别的工作，学新东西没有足够的时间，而且自己也没钱，最后又说好像很久没有好好考虑过这个问题了。

"其实我没、没什么信心。话都说、说不明白。

脚也是瘸、瘸的，这种废物谁、谁愿意用啊？公、公司说，只要这里顺、顺利完工就能调到离、离家近的地方，那、那就先撑着呗。"

不知哪里的狗叫了一声，引得周围的狗跟着叫了起来。3号哧哧笑着说，自己几个月前被狗咬了，一个老人故意放狗吓唬他。

"被、被狗咬还算好的。这里的人都会咬、咬人呢。明天你、你过去的时候，就、就知道了。"

远处半山腰灯火闪烁，他掏出手机给惠善发了条短信。惠善简短地回复了一句"好好吃饭，注意身体"。

3

分配给他的第一项工作，是在林木茂盛的半山腰开辟一块放置集装箱的平整空地。这是一份需要熟练掌握机械设备和工具操作的工作，而且如他所愿，不需要与人打交道。

第二天，太阳还没升上山头，三个人就朝着山腰进发。

目的地是夜里灯火闪烁的地方。他肩上扛着设备，很快就浑身发热，汗流浃背。修好的路没走多远就到了尽头，剩下一段湿答答的土路。7号走在前面，他跟3号紧随其后。带在身上的三瓶水很快就喝光了。

"好歹上个月把路开了出来，现在这样算好的了。之前重型机械运进来的时候，我们亲自封路、打地基，什么都得靠自己。他们没告诉你吗？"

7号偶尔停下脚步等他们两个人。天很快就亮了，原本昏暗的环境变得明亮起来，茂密树林里的空气也开始变得又湿又热。

好不容易爬到山腰，看到了两座盖着防水布的棚屋。棚屋前方停着一辆巨大的叉车，中间空地上站着僵持不下的两群人：一边像是村民，护着棚屋，拦在叉车前，另一边是一群警察，背对叉车面向人群。太阳升起来后，陆续有些举着相机、来历不明的人到来。最后所有人把狭窄的山路堵得水泄不通。他们三人穿着作业背心，听从公司负责人的安排，退到山路一旁，等待公司下一步指示。

"请让开，请让开！"

警察通过大喇叭反复要求人们把路让出来，但十几个村民依然拼了命地抵抗，大声呐喊。他的耳朵被震得嗡嗡响。即便对面闹得天翻地覆，7号始终岿然不动、稳如泰山，该进行的准备工作一点都没落下。

"你往这边来一下吧。阿三你也过来，站我后面。"

他按照7号的吩咐挪了下位置。这些只偶尔在新闻里见过的场景铺开在自己眼前，他没有丝毫惊讶，一心只想着今天的工作。不管那是什么，只要干脆利索地完成就行。

"都来了吗？清点一下人数吧。"

过了好久，那个拿着无线对讲机四处奔走的监工终于下了指示。立刻有人站出来按照所属的单位清点人数。工作人员蜂拥而上，他几度差点摔倒。于是他弯下腰，压低重心。这时他已经全身湿透，稍微一动，汗水就顺着皮肤向下流。

直到中午，他们才接到了明确的开工指示。

"来来来，1组到5组，准备进去了啊。过来过来！你们先到路上来！"

监工说着，高高举起手里的红色小旗子。警察们见状喊起了"一二一二"的口号，"一"的时候站稳，"二"的时候迈开步子，将村民往后推。村民们也铆足了劲儿怒吼着。

"1组先进。进去戴好安全帽啊，安全帽！快快快，动起来！"

他和7号、3号，还有其他的组员形成一队，一字排开准备向棚屋进发。

"来，快快，快进去！没时间了，赶紧的！"

警察将村民们往后推，勉强开出一条小通道。这条小通道转眼就变成一条细缝，之后又被堵死。人们挣扎着，纠缠着，脚下乱成一团，不断有人摔倒。他也连人带设备被绊倒了好几次，头顶不断传来各种脏话和叫嚷。还没等他反应过来这些人究竟在骂什么，鸡蛋、土块和石子就像子弹一样袭来。他把沾满蛋液和泥土的手掌在裤子上抹了抹，赶紧站起来，下意识地将设备拽到胸前抱紧，然后压低重心半蹲下来。

他完全没有想到会是这副场景，但仍咬紧牙关向前冲。他把腿脚不便的3号拉到自己前面，用尽全力把他往坡上推。

"来，你先上去，往上走。"

他喘着粗气说道。

那一刻，他将全部精力集中到两腿上，身体像太阳一样燃烧,耳边只有越来越重的呼吸声。所有人好像都消失了,世界安静了下来,背景空白一片,只剩下他和那条仿佛永远爬不上去的陡峭山路。

第二天,气温飙升到 37 摄氏度。

这天是村民、公司和公务员三方召开公开听证会的日子。昨天没能顺利拆除棚屋,今天公司下达了命令,今天必须完成拆除工作。他和同事们要比昨天更早上山。刚到棚屋附近,就看到率先抵达的小组和留守在那里的三四个村民争发生了争吵,闹成一团。

趁其他员工拦住村民的空隙,他拆掉了村民用来引溪水的水泵和发电机,然后进到棚屋里,把简易煤气炉、菜板、锅、碗碟、收音机和塑料公告栏全都扫进垃圾袋。接着收起屋顶的防水布和屋里的几床被褥,又卸下吱吱作响的门,最后逐一拔掉钉在土里、用来固定的三角铁架。

3 号和 7 号把卸下来的三角铁架和其他可能有用的东西都装进麻袋。他则打开电锯,将四周繁茂的杂草和树枝清理得一干二净,为摆放集装箱留出足够的空间。

最后他们把地面夯实,在四周围上一大圈防护栏，那天的工作才算彻底结束。

工作格外顺利，他甚至有些纳闷：公司怎么会把这么简单的任务分配给他们？按照这个进度，岂不是马上就能完成全部工作，顺利复职？不，现在拉扯着他往前走的，可能不是复职、回归总部之类的承诺，他工作只是为了不去想那些事情。只有在工作的时候，他才能安抚内心蠢蠢欲动的某些念头。或许对他来说，工作只是一种可以让他抹掉、忘却一些东西的方式。

4

几天后的一个深夜，村民们突然找上门来。

刚听到远处的敲锣声，下一秒村民就已经闯进院子，那架势好像要拆掉整个房子。那时他正在车里打盹，听到响声便跑了出来，才发现院子里挤满了人。扩音喇叭里的口号声和各种谩骂声吵得他耳朵都要聋了。还有三四个人正从矮墙那边朝这里走过来。

"把棚屋还回来，王八蛋！跟耗子一样偷偷摸摸拆人家的屋子，你以为我们是白痴吗？觉得我们好欺负是吧?"

"疯、疯了吧?你们想、想干吗?你找、找我们也没用啊。"

睡在檐廊的3号最先跑到院子。而7号一副见怪不怪的模样,只是打开房门,静静观望外面这场闹剧。

"也不想想你们干了什么好事。把人家的棚屋拆得稀烂,亏你还睡得着!"

大部分都是上了年纪的老人,不具有威胁性,只是人数太多了。只要拦下其中一个人,就会有其他人用力敲锣。他打算把他们手里的东西抢过来,但瞬间被冲上来的人团团围住,他们拼了命扯住他。

"兔崽子!还敢伸手抢别人的东西!我们什么时候抢过你们的?别人的东西都不是东西,自己的东西就格外宝贝是吧?把我们的棚屋还回来!兔崽子,还回来!"

村民们为了防止手里的东西被别人抢走,拼命挣扎着,随手捡起什么就朝他们扔什么。他赤手空拳面对他们。最后,3号抢到了大锣,他则抢到了一个小锣和一个喇叭。3号跟跟跄跄地退出人群,眼睛四周一片红肿。他的手背被抓出好几道印，鲜血顺着伤口渗出来。

"冷、冷静一点。别、别这样……"

3号一把抱住扑上来的老人，苦口婆心地劝道。

"冷静？怎么冷静？要是你父母住在这电波辐射下面，你怎么想？住了一辈子的村子，马上就要被毁了，谁能冷静！"

"那、那能怎么办。上、上面要求的，我们也、也只能照办啊。我、我有什、什么权力啊。"

"好，那上面的人在哪里？负责人在哪里？"

这时，7号才从房间里走出来，说道：

"这我们就不知道了。我们只是普通员工，按月领工资而已，你们来这里闹什么！"

"好，你说的对！那你把下指令的人叫过来！我倒想看看什么是人模狗样的东西！把他带过来！王八蛋，你说全都是上面安排的就完了？上面让你们做什么，你们就做什么吗？你们是没长眼睛还是没长耳朵？你们自己没脑子吗？"

他冲到车边，打开车门，按了几声喇叭，看到争吵没有停止，便一直按住喇叭不放。等人群安静下来后，他冲人群说道，村子后面那座山是公司的私有土地，在私有土地上搭建棚屋本来就是非法的，既然是非法搭建的，那公司就有权拆除。他话还没说完，就有人用手指戳着他的胸口反驳道：

"私有土地？非法？那你们闯进别人的村子，硬塞进几座丑不拉几的铁塔就不是犯法吗？"

这时，车子的后视镜被砸碎了，有人使劲砸着后备厢和车身，发出哐哐当当的声音。他冲上去，拽开那些围住车子的人，努力挣脱，甩掉身后不断扑上来的村民。他并不想让事情闹得太凶，但村民们不依不饶，他的身心都陷入了极度的疲惫，紧绷的神经一触即发。

看到一个老人正对着3号破口大骂，他终于忍不住，重重推了老人一把。老人重心不稳，踉跄着倒退了几步，最后一屁股摔在地上。村民们瞬间停止吵闹，围上来查看老人的情况。他捡起地上的大锣、小锣和喇叭，把它们扔得远远的，然后直挺挺地站在村民面前。

"杀人了！"人群中突然传来一声尖叫，叫嚷声随即再次充满整个院子。此刻在他眼中，这群人已不再是弱不禁风的老人，更不是淳朴善良的村民。

而是他要解决的一个麻烦。

"好啊你！你没爹没妈吗？你爹妈是这么教你的吗？！你个歹毒的兔崽子！"

他低声重复着老人对他的辱骂，好像念着念着自己就真的成了歹毒的人。即便成了他们口中的兔崽子，他也毫不在乎，哪怕变得更加不堪也无所谓。因为他想不到任何理由阻止自己成为一个更加残暴的人。

"住、住手吧。别、别闹了。警、警察来了，警察来了。住、住手吧。"

直到3号从身后紧紧抱住他，他才停了下来，呆立在那里。一辆警车闪着警灯停在院子外面，两名警察从车上下来，一边拍警帽上的灰，一边走进院子。他站在原地，平复了一下自己的呼吸。他的脸涨得通红，火辣辣的，眼睛快睁不开了，全身被汗水浸得湿透。看到警察和村民们交谈，他便走到水龙头前，蹲下来，冲了冲手，洗了把脸。然而，身上那团火气非但没有减弱，反而越燃越烈，似乎只要再加一点点助燃剂就会瞬间爆炸。

他死死盯住地面，仿佛在找一个发泄的出口。看到下水道口塞着几根泡面和几片生菜碎叶，他一把抓起水管,用强劲的水流对着下水道口。事实上,他倒希望刚才自己能毫无保留地释放出来,用尽全力去拉扯,去顶撞,说不定这样就能暂时忘掉原本的自己、袖手旁观的自己,还有那个完全不像自己的自己——彻底发泄出来直至筋疲力尽,说不定就能获得暂时的平静。

那天晚上,他决定不再纠结自己究竟是一个什么样的人。他告诉自己,现在再想这些已经毫无意义。就这样,他心里最后一件重要的事情渐渐消失了。

"有什么做不出来的?想做都能做,就看自己能做到什么份上。"

去派出所接受完那起暴力事件的相关调查,深夜回到宿舍后,他对3号这样说。对他来说,所谓工作就是每天咬紧牙关,在单调重复的操作中,掌握技术,积累经验,提升业务水平。这样就够了。至于工作内容是什么、性质如何,根本没有必要考虑。

他暗下决心,工作正常完成就行,此外一概不管。

5

那年夏天雨水很少。

乌云密布,仿佛下一秒就会大雨倾盆,可转眼又云开见日。夏旱出现的概率不大,这一年却持续了很久。棚屋拆了又盖,盖了又拆,在这期间他与村民们展开了反复的拉锯战。晨光熹微的清早、烈日暴晒的中午、夕阳西下的傍晚……他把防水布掀开,把支架卸掉,把地面夯平,隔天又会在别处看到一座新的棚屋。

到后来,他们只好整夜守着,阻止要搭建棚屋的村民上山。村民们绝对不会空手而来,他和同事们常常随手抄起周围散落的家伙。当建筑材料或工具攥在手里时,礼节、道理、人性都被抛诸脑后。村民们也一样。黑暗中,只有瞳孔反射着恐惧的光芒,这时候比的是谁更急切,谁更绝望。

他可不想被比下去。他渴望胜利,渴望成功,甚至没有考虑过自己的对手是体弱力衰的老人。冲突一旦激化,争强好胜的心理便会压倒一切。

中秋节前几天,里长带着一对年轻男女找上门来。

里长黑着脸站在后面，两个年轻人则积极地试图与他们对话，说想解决问题，寻找一个合理的方案。明显能感觉到，他们沉稳温和的语气和态度很快就融化了7号和3号的心。他坐在驾驶座上，透过后视镜注视着这两个温柔又有耐心的年轻人。他们一群人盘腿坐在檐廊上，对话的气氛变得越来越柔和。不过就算这样，大家也只是在不冒犯对方的前提下，换着花样重复相同的话。

"两位只要将知道的告诉我就可以了。反正两位的人事关系也不在总公司，我们会保障两位的隐私，不用担心。搭建信号塔，从空中布线究竟能省多少费用，工程耗时多久，只要简单说一下就行。直接把资料发给我们也可以。我们手上得有资料才能去谈判。"

他们其实是想要公司的内部资料，还补充说哪怕只是一些边角信息，并承诺多少会提供一些补偿。他一直盯着后视镜，仿佛根本没有听到任何声音。

"说实话，我们也不想干这活儿。早点把这件事处理完对我们也好，谁愿意一直困在这山沟里啊。"

7号说完，3号也搭腔道：

"有、有那些资料的话，就能谈、谈判了吗？结、结果会怎样？"

他最终还是从车里走出来，重重关上车门，走到院子一角，拎起工具包，冲3号说道：

"别站在那儿了，过来收拾收拾。不要跟他们说那些，没用的，傍晚还要上山呢，提前准备一下。"

"不、不是。是这、这几位……"

看到3号支支吾吾的，7号便接过话：

"你没必要这个样子。他们说有办法解决，听一下有什么不好的？大家不都想离开这里吗？"

他知道7号不想丧失对话的主导权，但事到如今，他的忍耐已经到了极限，没法再放任事情这样发展下去了。不管是冷不丁跑来、张口就要资料的那两个人，还是搞不清立场、不负责任地应对对方的这两个人，正是因为他们的无礼和愚蠢，才让这里的工程迟迟无法完工。这一切的一切，都让他心存不满。

"反正是上面交代的工作，我们哪有说话的分儿？只是负责执行而已。拿了工资，还能挑三拣四不成？让我们干什么就干什么呗。"

他提高嗓门说道。像故意要做给对方看一样，他抓住工具包的底部，往上一提，把里面的工具——锤子、剪钳、老虎钳、扳手、工具刀、螺钉……全倒出来，然后走到水龙头旁，把放在那里的电钻、链锯、大小不一的刀片、安全帽、安全带和手套之类的东西也一件不剩地拿了过来，随后冲3号说道：

"叫你呢！说了晚上要上山，得提前准备啊。"

见3号还在犹豫，他一把拽住他就往院子里走。一瘸一拐跟在后面的3号脚下不稳，上半身直接栽到地上。坐在里长旁边的年轻男子似乎受到惊吓，赶紧跑过来。

"师傅，您怎么能这样呢。有话好好说嘛，好好说。"

他直接甩开痛得直叫唤的3号，对年轻男子说道：

"请问你们来这里到底想干什么？"

"请问您知道周围有多少座这样的信号塔吗？好，您说上面让您干什么您就干什么，那么请您去问问上面，他们会把信号塔设在自己家人住的地方吗？就算是上面交代的工作，人也是有自己的想法的。至少可以动脑想想啊。站在客观的立场想一想，这真的符合常理吗？真的是对的吗？这不是让住在这里的村民都去死吗？您觉得，这么小一个村子，全是老人，让他们每天生活在这么高频率的电磁波下，像话吗？"

年轻女子追上来，大声说道。他压制住燃着怒火冲上来的3号，回答说：

"真羡慕你啊，可以只做对的事。"

3号的两只手被他紧紧钳在背后，人也疼得嗷嗷叫。年轻女子狠狠瞪了他一眼。

"所以这就是你们的工作内容吗？你们做的都是好的事情、对的事情吗？拿多少工资啊？高吗？真羡慕你们，靠工资就够过日子，还经常有人对你们感恩戴德。"

他挖苦年轻女子。女子一开始还有些错愕，很快便换上了轻蔑和不屑的表情。

"告诉你们，我也不知道我在做什么，我也不想知道。信号塔还要建几座，一百座还是一千座，高频电磁波还是低频电磁波，我也不在乎。我就是个职员，公司让我做什么，我就做什么，请问这有什么错？"

旁边的年轻男子站出来说道：

"师傅，大家都需要钱，但不是每个人都会做到这个份上。"

听到这儿，他故意绊3号，顺势一推，3号一下子失去重心，踉跄几步后，一头栽到地上。3号扶着膝盖，疼得直叫唤。他指着地上的3号说：

"你们倒是看看啊，这就是工作！你们知道他的腿为什么会变成这样吗？是因为他不懂得分辨对错所以成瘸子吗？不就是被工作害的。你们真以为工作可以分善恶吗？"

"现在不就是在找解决方案吗？国外搭建信号塔时都有详细的规章制度。我们只是暂时没有相关的法律，只要我们一起推动立法就可以了。当然，立法也不是说立就立的，肯定不容易，但双方都能退一步的话……"

年轻男子还没说完，他就反问道：

"退让？怎么退让？你觉得我还能退到哪里去？"

"您每天这么跟上了年纪的老人家争执不休，不难受吗？您也很辛苦啊，不是吗？想必您来这里也不是为了这个吧。"

他揪住3号的后颈，硬是把他从地上拽了起来。他掏出插在口袋里的棉线手套，帮3号拍掉裤子和衬衫上的泥。尘土在"啪、啪"的击打声里扬到空中。

"你以为是我在跟这些老人争执吗？我对这种争吵一点兴趣都没有。你们请回吧，我跟你们没什么好说的。"

从那以后，他在村民心中便成了一个十恶不赦、没有人性、不懂怜悯的恶棍，他反而觉得这样更好，彻底松了一口气。3号和7号也开始对他敬而远之。尤其是3号，再也没跟他对视过。每次还没等他张口，3号就被吓得浑身不受控制地抽搐。有时面对村民，他甚至更加粗暴。7号则拒绝跟他说话，有什么需要交代的，都通过3号传达。而他也是如此。

6

这次风波过后，日子一度风平浪静。

直到有一天，三四个村民绝食抗议的事情上了新闻，情况再次急转直下。村民们在与他们宿舍遥遥相望的一块空地上支起帐篷，立起抗议的标语，寻求外部人士的介入和帮助。一开始是记者，后来是社会团体，紧接着连宗教界人士也来了。到最后，一些与这件事情毫无干系，甚至没有加入任何组织的普通市民也蜂拥而至，其中不乏推着婴儿车前来的人。

只要他们走出宿舍，就会引发一阵骚动，导致村民和警察之间激烈的冲突，有时还会有人朝他们屋里扔石头和各种垃圾。他们只好架起一排路障，从宿舍门口到山脚下，这才留出了一条可以通行的小道。

他每天早上起来后，自己做早餐，然后在院子里的水龙头下洗衣服，下午去宿舍后面的小菜地照看自己种的生菜和辣椒苗，简单吃过晚饭后，便躺在院子里的凉床上打发时间。夏天已经接近尾声，太阳下山后，风也凉爽起来。早上晾晒的衣服到傍晚已经干透了。傍晚，他会坐在车里，大声放广播，不时会听到关于村子的简短报道。

通信公司强行搭设信号塔引发村民反对

这是大多数报道的立场。

报道里只有善良无助的村民，和不厌其烦对村民开展思想工作的企业。而那个把他逼到台前充当恶人的公司，那些把他们的宿舍围得水泄不通，几乎将他们囚禁在屋子里的村民似乎并不存在于这个世界。这里发生的一切被"对峙""协调""真情""劝慰"一类的华丽辞藻粉饰，听上去像个发生在异国他乡的故事，激不起他的任何情感。

一个下雨的午后，公司突然下达了开工的命令。

工作内容是将室外料场里堆放的钢筋等材料用塑料布包好。他和同事们穿上工作服，戴上安全帽，从宿舍后门溜出去。原本计划驾驶巡逻车前往山脚下，没想到立刻就被村民们发现了。转眼他们便被团团围住，耳边充斥着嘲讽和大声责骂，道路也被堵死。警察花了好长时间，才给他们开出一条路。他们在这翻涌的人潮中，这蜿蜒曲折、时有时无的夹缝里连跑带爬，好不容易到了山脚下。

他们在那里见到了来自总公司的工作人员。

"工程车我们已经开上去了。你们只要把材料都包好就行，就在要放集装箱的那块空地上，知道吧?"

其中一个工作人员告诉他们具体要做什么。周围的噪声很大,确认事项的时候,他只能不断提高嗓门儿,还没上山他的嗓子就哑了。泥路又湿又滑,3号好几次差点摔倒。他挑了一根树枝折下来,给3号当拐杖,又抢过3号的工具包背到自己身上。

山腰上一共停着三台工程车——一台挖掘机、一台推土机,还有一辆叉车。

几个村民比他们更早抵达现场,将工程车扣下。还有人将铁链的一端锁住轮子,另一端缠在自己的脖子上,然后爬上车顶,躺在上面。连工程车和工程车之间那狭窄的夹缝都站满了人。

"请下车。车里的人请立即下车,这是正式警告,请立即下车。"

警察拿着扩音喇叭反复警告,人们却无动于衷。这种情况下,如果仅凭几句警告就能让人乖乖就范,那才奇怪。

随后又来了不少人。其中大部分看起来并不像村民。公司要求他们待命,所以他和同事们退到远处,一边吃着公司送来的零食,一边看着山下闲聊。一会儿工夫,人越来越多,最后把山路挤得满满当当的，脑袋瓜子乌压压一片。这些人拿着话筒念准备好的稿子，跟警察扩音喇叭里的警告交杂在一起，不时穿插着设备传出的尖锐杂音，他们手中的对讲机也时断时续地播放着通知。

这样的局面一直持续到晚上。

大型探照灯把周围照得亮如白昼。潮湿冰冷的空气从山上压了下来。几个大学生模样的年轻人最早离开了现场，接着是一些饥肠辘辘的人，再后来一些出现脱水症状的人也陆续离开了。仿佛有一双无形的大手，拔草一样一把一把拔走现场的人，人群肉眼可见地变得稀疏起来。最后连扛着相机和其他摄像设备的记者们也撤退了，周围一下子安静下来。

"请马上撤离现场。再次警告，请马上撤离现场。一分钟后将采取强制驱散措施。"

午夜过后，警察才重新拿起扩音喇叭向村民发出警告。

毫无疑问，他们在等人员散去，气势减弱后，再开始行动。果然，一声哨响，警察们一下子蹿到工程车底，用压力钳剪断了铁索，然后将车里的人拽出来。顽强抵抗的村民和奋力拉扯的警察爆发出一阵阵杂乱的喊叫，四处都是东西被摔坏的声音。过了好久，工作人员才收到行动指示。他和其他同事用百米赛跑的速度冲到工程车后方的料场，用塑料布把设备和材料都包裹好，然后架起一圈防护栏，把一大块地围了起来。

他们后来才听说，当天晚上现场的大部分村民都因妨碍公务被警察带走了。

第二天早上，他听到外面传来"汪汪汪"的叫声，出去正好看到3号蹲在地上，朝檐廊下方张望。那里有一只狗被包裹在薄薄的防水布下，身上脏兮兮的，沾满了干掉的泥土，嘴角和四只爪子也都黑乎乎。他刚想靠近，狗就龇着牙冲他不停地低吼。

"早、早上听到叫、叫声，就出去看、看了一眼。在土渠里发、发现的。就在前、前面引水的土、土渠里。"

3号一边把手伸到檐廊下，一边低声说道。

狗好几次想站起来都失败了，最后干脆彻底趴在了地上，似乎是后腿使不上劲儿。他刚想问一句"怎么能随意把狗带回来呢"，话到嘴边又咽了下去——一张口就觉得一股燥热涌上来，嗓子眼里烧得慌,好像说不出话了。于是他转身喝了一杯水,又回到屋里,盖上被子躺了下来。他感到全身酸痛不已,好像被人打了一顿,很快便昏睡了过去。睡梦中一直发出痛苦的呻吟,好几次被自己的梦话吵醒,想着该起床了,但转眼又像是一头栽进深渊里,沉沉睡了过去。好不容易打起精神起床,发现外面已经是半夜。宿舍一个人都没有,他下意识地越过矮墙望了望远处的后山,盯着灯火通明的山腰入了神。

看来是又上山了。他转过身,刚要进厨房,突然被吓了一跳——白天那只狗爬上了檐廊,正望着他"汪汪"叫。

7

这个村子其实很小。

年轻人都去了城市,村子也就失去了生机和活力,一切都保留着过去的模样,好像被时间遗忘了。站在檐廊上,整个村子一览无余。结构和高度相似的房子密密麻麻地聚拢在一起。每一座似乎都只经过小修小补,但却维持到了现在。岁月的痕迹像一张巨大的罗网,细密地覆盖在这个村子的每一寸土地上。远远看去,这些村民生活的房子,还有这些房屋构成的村子,都像村里的老人一样,正在慢慢地老去。

几天后,翻斗车和混凝土搅拌车开始进出村子。紧接着,卡车从早到晚排放着漆黑的尾气,在乡村小道上穿行。村民们的抗争注定会以失败告终。但他们并没有就此退缩,也没有因为对方建起了一座信号塔就灰心放弃,而是转身前往下一个施工地点,开始新一轮的阻挠和抗争。他们似乎下定决心,哪怕只能在十座、百座甚至千座里阻止一座,付出性命也在所不惜。

一个下午,他牵着狗准备离开宿舍。

"给、给狗找主人吗?"

蹲在水龙头前清洗工作鞋的3号转头问道。他敷衍地点点头。他想着今天无论如何都要把这件事解决掉。狗瘸着腿跟在他身后,走不了几步就会摔倒,于是他把狗抱在怀里。那只狗一开始还想从他怀里挣脱,不久便垂下头安静下来。

"您不是狗的主人吗?"

两天前,他在城里找到了一家宠物医院。兽医对这只狗的身世特别好奇，他便简单描述了发现狗的过程和具体位置。

"哎哟喂，很疼吧。您看到了吗？这里有一条裂缝，白白的地方，这是骨折了。但好在这里化脓的伤口快好了，耳朵里也很干净。"

他只是静静听着。说起他身边的动物，也就只有很小的时候家里养的两头牛，和从前儿子捡回来的小奶猫。他只是帮儿子照看了小奶猫一个晚上。他跟这些不会说话的动物几乎没有任何交流，也不知道该怎么和它们相处。

"不能寄养在这里吗？"

年轻的兽医敲击着鼠标，许久没有说话。听到狗哼哼叫唤，他低头看了一眼，压低声音说道：

"这里只是医院，没办法寄养。而且说实话，很少有人愿意领养这种成年狗，如果长时间无人领养，就不得不对它进行安乐死。怪可怜的。治疗费我给你打个折吧。您要不先养着？今天要给它上石膏，起码养到拆石膏以后吧。您住在附近吗？最近很多人返乡务农。"

他告诉兽医自己并不是本地人。但他也不知道自己还要在这里住多久，一年？两年？如果这样的话，自己又算不算当地居民？兽医用手机给狗拍了几张照片，承诺会发到弃养动物保护中心，帮忙问问。他点了点头，摸了摸小声哼哼的狗，准备离开。他说自己要先去一趟理发店，再回来把狗接走，其实心里并没有拿定主意。

"那治疗完，我顺便给它打个预防针吧，您可别悄悄走了，一定要回来啊！"

说完，兽医记下他的手机号码，又抄下他的车牌号，才放他离开。

他去市场买了两副厚的绝缘手套和两双绝缘鞋，给俊吾打了个电话。电话过了很久才接通，听筒传来轰隆隆的音乐声，接着声音越来越远，一阵叮叮当当的风铃声过后，电话那头安静下来。

"你在哪儿？怎么这么吵。"

"自习室。现在跟朋友在便利店。"

"晚饭呢？"

"吃了啊。"

儿子的回答干脆又简短。他交代说，学习别偷懒。顿了顿又说，记得按时吃饭。想想又补充了一句"别感冒"。接着便不知道该说什么了。

"没事了，有事记得打电话。"

话音刚落,俊吾就挂断了电话。本就不长的一通电话就此收场。临近收档的市场冷冷清清,他在小巷里晃晃悠悠走了一会儿,吃了一碗面,买了几样下饭的小菜和两双舒服的拖鞋。最后下定决心,回到宠物医院,接狗回宿舍。事实上连他也说不清,自己为什么突然打定了主意。

　　之后的三天,他四处打听,为狗寻找主人。一开始狗还没法正常走路,他打算在街上拿着照片,逢人就问,但每个人都对他唯恐避之不及。也许是因为每天在村子里横行无阻的卡车和其他施工车辆,让村民的神经变得越来越敏感。

　　"今天一定要给你找到主人。"

　　他抱起狗,将它打石膏的那条腿小心地护在怀里。

　　走在乡村小路上,每次翻斗车轰隆隆经过,他都得走到马路边缘,后来他干脆直接走在田埂上。他一抬头,就看到耸立在山腰上的信号塔。他心里想着,当信号塔的上部构件运到,用吊车固定好以后,他和同事就可以爬到塔顶安装信号发射器和天线,连接地线和信号灯。最后只要在信号塔四周拉起防护网,在出口附近立起几个道路反光镜,这里的工作就算基本结束了。

狗趴在他怀里，圆圆的肚子暖烘烘的，随着呼吸一起一伏。

他一直走到能够看到塑料大棚的地方。远处人们围在高高的纸箱堆旁聊天。四周一片浓绿，即便是对农事一无所知的他，也能感受到新的季节近在眼前。那些村民一边聊着天，一边吃着什么东西。白色烟气直冲天穹，一股诱人的香气飘进他的鼻子里。

他突然想起了大哥。现在正是大哥大嫂最忙碌的时候，往年他和惠善都会去果园帮忙。有时他们还会在院子里架起炉子，大家围坐在炭火前，一边烤肉，一边聊着彼此的近况。但如今这样的光景不复存在。去年秋天之后，大哥再也没联系过他，母亲也一样。尚贤没有，韩秀没有，惠善没有，侄子相浩也没有，甚至和老丈人、丈母娘都断了联系。他一直没能好好正视这件事情，现在有些懊悔——自己是不是以没时间为借口，将太多身边人越推越远，推到了目不可及的远方。

"来吧，赶紧把你送回家！看看，往哪里走呢？"

他自言自语着，想以此驱赶脑海里的杂念。他经过塑料大棚,拐进对面的一条小路。路旁高高的树上结着泛红的果实,是柿子!他伸出手摘下一片叶子,然后凑到狗的鼻子前呵痒。

"是松儿!松儿,是松儿!"

他完全没注意到有人靠近,直到狗在他怀里挣扎着想跳下来,他才下意识地转过头,看到身后不远处的两个孩子。小男孩个头儿不小,却十分胆小,倒是个子小小的小女孩大步流星地走过来,伸手抚摸着狗,然后拢起两只小手,凑到狗的耳朵边说了句悄悄话。

"松儿受伤了吗?这是打了石膏吗?"

小女孩的眼睛在厚厚的镜片下显得很小。

"是啊,腿骨折了,必须打石膏,你认识它?"

这时,小男孩远远地喊了一声小女孩,却不敢往这边靠近一步。看到小女孩只是挥了挥手让他等着,小男孩都急得要哭出来了,喊道:

"你回来!我要告诉妈妈了!你快回来,快回来!"

小女孩又凑到狗的耳边说了几句悄悄话,然后对他说道:

"那家伙明明比我大两岁却总是这样,是我的哥哥。"

小女孩摆出一副无可奈何的样子叹了一口气,对自己的哥哥喊了一句"知道了",转身又仰头问他:

"可是叔叔你是谁啊?这是金奶奶家的小狗狗,可不是什么'狗',它比我还小两岁呢,还是小朋友。"

"那它家在哪儿啊?"

小女孩抬起抚摸狗的那只手,指了指远处。他顺着小女孩指的方向,看到了一栋青石瓦板屋顶的房子,但小女孩又用小手拍了拍他的手臂说:

"不是那儿,是那儿,就在那个电线杆旁边。"

小女孩手指的其实并不是电线杆,而是比电线杆小一号的通信杆。这时,那个躲得远远的小男孩突然哭了起来,冲着自己妹妹喊了一声,就逃也似的跑开了。

"等等我,等等我呀!"

小女孩跟在哥哥后面跑了起来,身影越来越小,很快就消失不见了。

他心想,他俩大概就是村里唯一一对年轻夫妇的孩子吧。他曾听说,这对年轻夫妇很照顾村里的老人，也是这段时间示威和抗议的主导者，隔段时间就变出的新花样，基本都是他们搞出来的。他也确实在现场见过他们几次，女方总是戴着一顶草帽。仔细一想，那个小女孩跟她妈妈确实长得挺像，个子小小的，却不惧任何场合，说起话来干脆不含糊的个性也很像。他一边想着这些有的没的，一边四处转悠了很久。本想随便看到谁，就把狗托付给对方，然后转身走掉，没想到走了好久都没遇上一个人。

8

那户人家的大门敞开着，但里面一个人都没有。

他把狗放在院子里的凉床上就要离开，但走了几步又折回来。他想还是得跟狗的主人说明情况，便坐在凉床上。

凉床底下有一个狗窝，是用旧木板随意架起来的。旁边放着一个塑料桶，里面装着一些清水。他盯住那里出神。仓库的屋檐下挂着鲜红的辣椒，仓库里则摆满了各种各样的农具和生活杂物，他还看到一双高帮橡胶靴,和一双加绒的工作鞋。视线掠过大捆大捆绑好摞在一起的芝麻秆,最后落在水龙头旁攒起来待洗的一堆衣物上。

这个地方安静得有些凄清,他在脑海里想象着生活在这里的样子,设想着这里的村民的日日夜夜,勾勒出他们顺应自然、天人相应的图景。他们在这片无悲无喜、不动声色的大地上,与四季的冷暖为伴,与晨晚的风雨同行,过着不争不抢的平凡生活。但在平静的水面之下,分明隐藏着一些他无法想象的暗涌,不知道会有怎样的疾风巨浪突然将他们吞没——这一点谁都不例外。

仔细想想,他也不是没有过这样的机会——好几次他都可以选择另一份工作,让生活驶向一个截然不同的方向——但他总是放任机会溜走,一边告诫自己不要好高骛远,一边对渴望改变的自我百般阻挠。脑海里,一个自己说做什么都无济于事,另一个自己说事情再小也会带来转机。说不定他就是在这两个自我争执不休时,错过了选择的时机,只能被时间裹挟着往前走。

每次大门外有翻斗车轰隆隆开过,狗就会吓得"汪汪"直叫。他把狗安抚好后,又将晃晃悠悠的凉床前后左右地挪动了好一会儿，找到一个能够摆放平稳的位置。之后又绕着凉床转悠了起来，生怕自己一旦静下来，就会被各种无用的思绪绑架。

于是他把横穿整个院子的晾衣绳好好调整了一番：先调节了绑在绳子中央用作支撑的竿子高度，然后重新给绳子打结，并绷紧，好让竿子两侧的绳子能够和地面保持平行。虽然最终绳子离地面比原本略高了一点，但也稳固了许多。

"你是谁啊？干吗来了？"

过了好久，终于有人回来，是一个老太太。粗糙嘶哑的嗓音听起来异常耳熟，他突然想起，这个老太太曾经在示威现场跟警察扭打在一起，一副天不怕地不怕的模样，嘴里还不停骂着脏话。今天在这个安静的院子里再次看到她，才发现她原来那么瘦小。说不定是因为她的背已经驼成了一个半圆。他刚想向老人说明事情原委，老人就一脸惊讶地说道：

"哎哟，这不是松儿吗？松儿！这是怎么了啊？这腿是怎么了啊？"

老人走到凉床前，抚摸那只狗打上石膏的后腿。狗看到老人，也摇晃着尾巴，用力想要站起来。

他赶紧磕磕巴巴地解释起事情的经过，说自己在引水渠里发现它受了伤，已经带它看了医生，再过一个月就可以把石膏拆掉了，接着又交代老人这段时间要看好它，别让它下地跑或是从高处掉下来。说完这些，他就不知道该说什么了。

"怎么找都找不到你，原来是受了伤回不了家啊。哎哟喂，这年头还能给狗做这样的治疗啊，日子是越来越好了。换作是以前啊，哪有这么好的事儿。狗要是哪里病了痛了，也只能看着它病病歪歪的，过一阵就死喽。现在连狗都有医院了，变化真是大呀。你说是不是啊？"

老人一边抚摸着狗，一边看着他说道。意外的是，老人脸上竟然挂着一丝笑容。他点了点头，转身准备离开。

"等等，你等一下，先别走。一码归一码。你把松儿从鬼门关拉了回来，不能让你空手回去，你等我一下。"

老人说着回到屋里，抱着一个箱子走出来，箱子上还粘着一些泥土，里面装满了玉米、红薯、柿子和苹果。

"好不好吃就不知道了，长得是不怎么好看，但都是直接从地里摘回来的。"

"不用了，不用了，没关系的。"

他摆摆手退后了几步。正好一辆卡车从门口经过，淹没了他和老人的声音。老人好像突然想起了什么，把箱子往凉床上一放，望着他，似乎心情突然发生了什么变化。

"想来想去，这件事我还是必须得问问。自从那些卡车进到村子以后，我这胸口就烧得慌，吃也吃不好，睡也睡不好。你说吧，公司还让你们干什么了？接下来还要干些什么，你给我说说。"

老人指着他的胸口说道。他这才突然想起来，自己身上还穿着工作服——一件挂满口袋的蓝色工装背心，上面印着黄色的公司名称和标志。

"明明连受伤的狗都懂得照顾，没想过自己在为难村里的老人吗？"

他没吱声。老人又让他等着，转身进了屋，再出来的时候，手里拿着一个巴掌大的小布袋。

"花了多少钱，治疗费？"

他说没关系，不用了。这句话发自真心，因为医生几乎没有收他治疗费，打疫苗的钱也不到一万韩元。他告诉老人，自己当时正好要去市场，顺路而已,说完就要离开。

"不行,这怎么行呢?该算清楚的就得算清楚。"

老人嘴里一直念叨着,说什么也不会让步,追了出来,将几张钱硬塞到他的背心口袋里,然后转身回去,当着他的面关上了大门。他看着门彻底关上以后才离开,低头就看到五张一万韩元的纸币从口袋里掉了出来。走在回宿舍的路上,他感觉自己的心一直在往下沉,像是坠入了无底深渊。但他也说不明白,自己心里为何如此难受。

直到快到宿舍时,他才突然明白,那是一种被冒犯的心情。老人并没有真正接受自己的善意,而是试图用金钱去衡量它的价值,然后清清楚楚、明明白白地用金钱去偿还。而他似乎也能猜到这背后的原因。

那笔钱一直留在他的钱包里,从未使用。

9

工程的进行开始变得有些缓慢。

主要是因为进入秋天后,雨水丰沛起来。就算天气预报显示降雨的概率很小，工作也常常因突如其来的雨中断。村民们的阻挠也丝毫没有减弱的意思，他们常常在工地入口摆开阵仗，故意找麻烦，一旦发生肢体接触，就把警察叫来，声称自己受到了暴力侵害。警察便不得不展开调查，哪怕只是走个过场，大家也会在这些无谓的事上浪费大量的时间。

九月末，总公司派来了一个人。他看到这个素未谋面的职员从车上走下来时，有种不祥的预感。果然，他的猜测是对的——

"公司判定这里不需要这么多人员了。"

他和同事们正聚精会神盯着文件看时，职员开口了。不用想也知道，如果有人质疑究竟是谁下的这种结论，这个人肯定会像一个设定好对话内容的机器人一样，毫不犹豫地告诉对方，是公司，都是上面安排的，自己也无能为力。

他呆呆地注视着文件上公司的印章，没有说话。

这么久以来，公司对他来说就像一件看得见摸得着的东西，他们分享着时光和记忆，公司是他的每一天，是他的日常，甚至就是他的生活本身；公司又像一个有血有肉的人，是他的朋友、他的同事、他的亲人，甚至是另一个自己。

是他身体的一部分，也是他的全部。

想到这里，他晃了晃脑袋。他如大梦初醒一般发现自己竟然如此天真、幼稚，都到这一刻了，还拎不清。他对自己很失望，甚至认为正是自己把自己逼到了如今这步田地。

"现在都累得要死，还要裁员？每天那些设备谁来搬？三个人都干不过来，再裁员的话，大家都要过劳死，谁来工作？不行。"

7号试图拒绝。

"要、要裁谁啊？不是说、说好了吗？这边的工、工作完成后，就给安、安排到家附近的、的工作地吗？宋、宋课长，说、说的吧？对吧？你、你们都听说了吧？"

3号一会儿看看职员，一会儿看看他，质问道。

"各位也清楚，现在工程几乎没有任何进展。连两座塔都没有完全架好。其他地方都已经架好七座，连最后一步的信号器都安装好了。你们看，这里，这里，还有这里，上周都完工了，现在只剩你们这里，还有这里，总共三个地方了。"

职员掏出一份各区域工程进度总表，指着表说道。表上标注着不同的颜色，绿色表示已经完工，红色表示仍在进行。职员说完又掏出了几份文件，上面详细记载着工程的计划周期和费用等内容，数字小得像蚂蚁一样，还通篇充斥着各种看不懂的英文术语，但他还是一眼看到自己所在的78区用荧光笔鲜明地标示出来。

职员的脸上始终挂着一种为难的表情，盯着文件看了许久之后，仿佛好不容易下定了决心，说自己不过是一个普通员工，具体的情况也不清楚，公司让自己做什么就做什么。这些正是他听过无数次的话术。

"公司给的期限是到十月十号，当然，如果在那之前能完工的话，就不存在什么裁员不裁员的问题了。希望各位能够努力尽早完工吧。"

职员说完，便起身准备离开。

他一直没有吭声，不想因为一时冲动说出一些不该说的话，从而冒犯职员。直到对方已经回到车里，发动了车，他才走到驾驶座的车窗前问了一句：

"这件事已经定下来了吗?"

"嗯,应该马上就会定下来。"

"那如果十号之前能完工呢?"

"那当然最好啊,这样的话三位就不需要担心了。"

他过了很久才突然醒悟过来,这个消息或许并不是什么"通知",而是某种"警告"或"告诫":公司并不是要告诉他们未来的计划,而是在警告他们,想要留下来,就得好好证明自己的价值。

于是那个晚上,他决定放下所有的怀疑,不想再因为对公司的猜忌,对未来的不安,还有那时时刻刻压在自己身上的担忧和害怕,浪费时间了。他迫切需要一个信仰,不管它是什么,只有这样他才能无所不为。事到如今,除了相信公司,他已经没有其他能做的了。

几天之后的一个晚上,一个抗议的村民被送到了医院重症监护室。直到当天的抗议全部结束他才听说,那个村民气管堵塞导致严重缺氧,彻底昏迷了几分钟。

按照计划,那天他们要将吊车开进工地。村民们早早宣布了要进行大规模示威。一大早村民就召集了记者和社会团体,将工地入口堵得水泄不通;村口也聚集了大量村民,排成整齐的队伍坐在地上。两台大型吊车和几辆工程卡车好几次发动油门,想伺机开进村子,都以失败告终。总公司的人来了,政府的人来了,甚至连市议员都来了,情况还是没有丝毫改变。

他便只能和其他人一起,等日落后再想办法。夜里,他爬上工程卡车,启动发动机,踩下油门——原本他只是想吓唬一下村民,但当他把前照灯打开,看到灯光下乱成一团的情景,情绪瞬间失去了控制。

"您不知道卡车后面有人吊着吗?"

他被带到派出所的时候,警察问他。

"不知道。"

他已经不是第一次作为知情人接受调查了。警察轻轻敲了几下桌子,注视着他的眼睛低声问道:

"师傅,您真的不知道?"

"真的不知道。"

他觉得嘴里有些烧得慌,想来是因为上火了,舌头上长了许多小疙瘩,口干舌燥的,口臭都要涌上来了。他以喝水为借口,起身离开了座位。几口冰水下肚，他感到一丝寒意。被送进重症监护室的那个人一会儿说是村长，一会儿说是记者，一会儿又说是个参加集会的大学生，但对他来说，是谁根本无所谓。

"您是几点到现场的呢？"

"早上九点之前就到了。"

"那就是说您在那里待了至少十二个小时，那您应该看到村民们用绳子把自己绑在车上了啊，您没看到吗？"

"没看到。"

"当天的工作内容是什么？"

"用吊车把信号塔的上部构件安装上去。"

"那师傅您具体负责什么呢？"

"我们组负责将吊车和信号塔的上部构件运到工地现场。"

"不是有司机吗？为什么您要去开车？"

"工作还是得做啊。"

"那不是您的工作啊。"

"不能干等下去啊，不是吗？"

"是总公司下的指令？"

"不是。我不是总公司的职员。"

"您不是总公司的?"

"不是。"

"那您为什么要这么做?"

之后,警察还问了好几个问题,而他都只是回答"不知道",或者"不是",半真半假。

"就算是意外,也不意味着您没有过错。"

调查结束,他从椅子上站起来时,警察这样对他说。他没有回答。

这件事情后来被媒体大肆报道。

信号塔引发的企业居民矛盾

报道大多只是基于这样的叙事,对当天的事件进行了简要记叙。此后几天,他被各式各样的电话折腾得苦不堪言,最后才知道,他和几个同事的个人信息被曝光了。惠善、韩秀、尚贤、在 PIP 培训中心认识的几个同事相继打来电话。他便一一安慰他们,说在这里这些都是稀松平常的事。这些话说多了,好像真的无论发生什么事,无论发生在哪里,他都已经习以为常,见怪不怪了。

最后这件事情被归咎为"第三方员工的无心之

过"。

那些用登山绳把自己绑在卡车上，借此阻止施工人员进入工地的村民被罚款，甚至失去意识被送进重症监护室的那个人也不例外。因为警察对这次事件的定性是"村民强占私人财产"。

而公司则承担道义上的责任，减免了村民的部分罚款。同样基于道义，在这场意外中受伤的7号也得到了精准到一分不多一分不少的补偿。事情发生时，7号正站在卡车后，准备解开村民和卡车间的绳子，结果跟村民一块儿被拽倒了。作为当事者的他并不知道7号是怎样被卡车拖住的，又在那片泥地上被拖行了多久。

7号从宿舍搬走以后，他才听说7号的右侧肩胛骨裂了，需要打上钢钉，做好几次手术才能痊愈，但由于神经受损，痊愈后也很难恢复原样。

7号走的那天，有两个人来到宿舍——据说是他妻子和弟弟——二人帮他把行李搬到车上，放进后备厢，然后催促7号上车。他远远地注视着这一切，又看到7号从车窗里探出头来，压低声音跟3号交代了些什么，似乎还朝自己看过来。最后7号直接关上车窗离开了。

"大、大家都说，不知道自、自己在干什么。说都、都是疯子。继、继续待下去的话，连、连我都要得精神病了，让、让我也、也、也辞职呢。"

直到7号乘坐的那辆车离开院子，完全从视野中消失，3号才开口说道。

他一言不发地站在水龙头旁，用水管冲洗院子，接着又把7号住过的房间打扫了一遍。拍打被子，洗车，做顿早午饭，心里自始至终没有任何波澜。

"要辞就早点辞，不要给大家添麻烦。"

看到3号小心翼翼观察着自己的反应，他便对3号这样说道。说完就将自己的生活物品和行李都搬到了7号住过的房间。

"我、我可是要留下来的。反、反正马上工程就、就结束了。都、都到这份儿上了，干、干吗辞职？死撑也、也得撑住。"

那天3号是这么回复他的。可是两周后，3号也离开了。

听说之前被送进重症监护室的那个村民死了。公司解释说，那个村民已经年过八旬，本就久病缠身。但3号还是承受不住良心的谴责，说自己清清楚楚记得那个老人的脸,觉得一切都是自己的错,还说不想再被别人当作杀人的刀子了。吊唁老人后,不到三天,3号就下定决心,收拾行李离开了这里。

"再怎么样,您也还是去吊唁一下吧。"

公司的一个职员曾经这么劝他,但他最终还是没有去,甚至连那个老人叫什么名字都没问过。

他只是问了一句:

"什么时候重新开工?"

10

转眼几周过去了。

村民在村子正中搭了一个吊唁所,那里一度人来人往。焚香的刺鼻气味昼夜不散,深夜也始终亮着明晃晃的灯。他每天都会经过那里,就算没有施工任务的日子,他也会从宿舍一路走到吊唁所,好像是在磨炼自己。守着吊唁所的人每次都会死死盯住他,有时还会冲他骂上几句。其中不乏一些可能一辈子都忘不掉的辱骂,而他始终沉默以对。就算好几次他都觉得下一秒自己会像颗引爆的炸弹一样爆发，但深呼吸几次后，一切似乎又都变得不痛不痒了。沉默似乎在他身体里止不住地膨胀，最终吞噬了他内心最后一点可以被称为"人性"的东西。

"抱歉，我干不下去了。"

新来的职员总是干不到一个月就打退堂鼓。最初几天大都热血沸腾，全心扑在工作上，但跟村民对峙几次，彼此熟悉了之后，他们便越发迟疑，变得畏首畏尾。

"那你是干吗来了？"

但凡他们露出一丝动摇，他便毫不吝啬地展露一番斥责、挖苦的本事，直到将对方逼入窘境。有的人待不到两天就走了，有的人坚持了半个月。一次，一个职员问他：

"您知道外面的人都怎么说吗？"

他反问道，如果自己在意别人怎么说的话，还能坚持到现在吗？

已经没什么能在他心里留下痕迹了。他认为重要的那些东西似乎全都不复存在了。不知道从什么时候开始，他只是固执地想看到自己到底还能做到什么份儿上，除此之外别无他念。这是他自己做出的选择。他甚至觉得，只有拥有这样的觉悟，他才算真正准备好去面对这份工作了。

十一月快结束的时候,韩秀来了一趟。

那段时间宿舍正好只有他一个人。公司和村民之间的冲突、出人命的事故、村民搭设的吊唁所,持续牵动着全社会的神经。再加上选举在即,几个政客争先恐后地同地方政府的人士前来吊唁。之后工程又陷入了停滞。

"哎,我来的时候,说是来宿舍找你,大家都瞪大了眼睛,凶巴巴的,一副要杀人的样子。你在这里干的都是什么事啊。"

韩秀一边把带来的东西从后备厢里取出来,一边嘀咕着。

两人把韩秀带来的食物摆在中间,相对而坐。炖肉和蔬菜,韩秀妻子准备的小菜,看起来都美味可口。他将又大又柔软的香菇切开,咬了一口,顿时香气四溢。

"尚贤有事来不了。那家伙最近在公司里被人盯上了。大家都跟疯了似的要把他弄走。不好办啊。"

韩秀拿起刚才脱掉的外套披在背上,接着说道:

"你有没有好好吃饭啊?你这样子让惠善看到该吓着了。这里的暖气有也跟没有似的,冬天肯定冷死了,你受得了吗?"

不论韩秀说什么,他只是听着。韩秀说自己不久前跟尚贤拜访了宗圭的妻子,又说最近经济不景气,房地产市场陷入低迷,最后说自己最近开始学养蜂。就这么说着说着,过了五点,太阳落山,酒劲儿上来了,他才鼓起勇气说,这里空气很好,夏天的时候自己的小菜地里长着这样那样的植物,在这里盖间屋子住下来好像也挺好的……

他想到什么说什么,就是不让自己停下来。他绞尽脑汁,顾左右而言他,就是为了不去谈他在这里的工作,不去谈这份工作引发的各种事件,还有这不像工作的"工作"究竟是什么。

"那你以后就在这里盖间房子吧,要是又有人来搭什么信号塔,你也示威去,反正你现在都成专家了。"

正如他期望的那样,韩秀保持着刚刚好的距离,没有一针见血的质问,没有逆耳的忠告,也没有妄断和非议。这反而让他有些羞愧,因为他清楚地知道,就算自己闭口不谈,韩秀依然有着自己清醒的判断。

那天，韩秀留下来住了一晚。

第二天一大早，两个人喝速溶咖啡，坐在依然有些冰凉的檐廊上。咖啡很快就凉了，杯子也变得不再烫手。

"宗圭的葬礼刚办完，房子就被扣押了。公司向法院提起诉讼，要求他们赔偿损失。弟妹在电话里哭着说，好不容易留下的一套房也要被抢走了。但我又能有什么办法呢？"

他点了点头。

宗圭的妻子也给他打过几次电话，说公司把工会的八个人告了，要求他们共同承担59亿韩元[1]的赔偿。就算平摊到每个人头上，那也是个可怕的数字。他转头，望向远处的山腰，那里立着一根旗杆，迎风飘扬的一面红旗标示着工地的所在。挖地基、插钢筋的步骤都已经完成了，混凝土浇筑也接近尾声，只要这第三座塔立起来，这里的工作就算彻底结束了。韩秀在水槽附近徘徊，最后走到他身旁，眼睛看向地面，脚下的登山鞋不时踢着地上的泥土，

---

[1] 约3000万人民币。——译者注

一副欲言又止的样子。

"身体没什么问题吧?保重啊。"

"嗯,你小心开车。"

韩秀似乎放弃了,坐上车,发动了车子。离开前,按下车窗,犹豫再三后说道:

"惠善给我打过几次电话,问我有没有合适的工作介绍给你。这里的工作你赶紧辞了吧,这么大年纪了,这算什么事啊,还跟老人家过不去。你也得考虑考虑俊吾啊,日后要是让他知道了,他哪里管你有什么苦衷啊。再这么固执下去,最后受罪的还是你自己。你工作的事情,我给你想想办法。"

"嗯。"

他点了点头。

他似乎能猜到韩秀对自己的误会究竟有多深,却不愿再解释了。他从来没奢望过能跟谁分享,每天独自面对这样一个看不见摸不着的公司是什么心情;他也没奢望过有谁能理解,他需要每天不断挑战自己的下限才能够继续这场战斗。

他也在等。

等着看自己究竟能坚持到什么时候,等着看这条路最终会把他引到哪里,等着看道路尽头究竟是什么。似乎只有走到尽头,他才能完全放弃这莫名其妙的执着和负气。他一直站在门口,目送韩秀的车渐行渐远,直至在他的视线尽头消失。

11

他又在那里待了一年。

酷暑降临,他才惊讶地发现墙上的日历还停留在春天。刚撕掉没多久,又后知后觉地发现秋天已经来了。每天都觉得度日如年,可是一转眼又发现,一个月、两个月好像瞬间就把他甩在了身后。不知不觉间,第三座、第四座信号塔立起来了,不久后,第五座也建好了。

夜深人静时,信号塔顶端依然闪烁着红色的光。他无意间抬头,视线会忍不住被吸引过去。每每这时,他便会不自觉地想象那些庞大的身躯死死压住的究竟是什么;他觉得好像有什么东西被那些铁塔巨大的身影遮盖住了;他甚至有时会想象,在那黑影之中,潜伏着一只凶猛的野兽,夜里它也依然瞪着双眼,死死盯着自己,随时准备跃身扑过来。只要竖起耳朵,仿佛就能听到它低沉粗重的呼吸声。

他看着那些铁塔像乐高积木一样一层一层快速地向上攀升，最终岿然矗立在山腰上，心里总有一股忧虑的情绪翻涌上来，然后慢慢泛滥成一种惊慌，最后幻化成滔天大浪般的恐惧。即使这件事是他一手办成的，他也没有丝毫的自豪感。他突然发觉，自己一手建起来的竟然是如此丑陋的东西。这种顿悟连同工作即将结束的不安，令他整夜整夜合不上眼。

这些铁塔真真切切地见证了他造就的一切。

后来村民撤掉吊唁所，为逝者办了葬礼，却依然没有放弃抵抗。村民之间也开始出现分化，一部分人选择不再参加抗议，现场的气势大不如前了。他也不止一次地目睹过，原本在现场相互依偎取暖、坚持抵抗的村民们，如今互相指着鼻子破口大骂。原本挂在村公所门口的巨型条幅以及村口一带铺天盖地的各种标语也陆陆续续被撤换下来。

不过偶尔还是会有几个村民聚在一起，在宿舍附近摆起阵仗，彻夜不休地喊口号，借此抒发不满和抱怨。他有时会把房门紧紧锁上，躺在屋子正中，听着他们喊；有时会跑到车里，关上车门，一直躲到他们散去。迫不得已与他们面对面时,他也只是静静地站着,任凭他们的愤怒、怨恨和气恼席卷自己。

"你到底是干什么的?公司的爪牙,还是走狗?你有脑子吗?你把其他人叫来。"

每次有人让他把其他人叫来时,他便把那破旧的宿舍门窗全部打开,让他们看个清楚。3号和7号走后,也曾陆续来过四五个职员,但最后留下的只有他一个。

他便是78区1组唯一的工作人员。

一个强冷空气来袭的早上,他去了工地现场。

那天运来了第六座铁塔的构件。现场的吊车正把巨大的钢架吊起来,准备放到挖好的土坑里。风呼啸着吹过深深凹陷的地面,打着转儿发出尖锐的哨声。天气格外晴朗,蓝天白云相互映衬得清澈又鲜亮。抬起头就会看到构件悬在空中缓慢移动着,像从云里钓起一片巨大黑影。他抓住一根绑在钢架上的绳子,蹲低身子往下拽。过了很久,钢架才落入坑中,落地的瞬间震得脚下的地面微微颤动着。

他戴上棉线手套,仔细检查固定在地上的四个塔脚。之后,工人才开始将巨大的上部构件一层层安装上去。剩下的工作,便需要有人亲自爬上去完成了。

打头阵的是他和两名劳务派遣工。

他戴上安全帽、口罩和防护镜,穿上工作鞋,将必要的工具挂在腰带上,开始往上爬。每往上一段,风就更猛烈一些,每次呼吸,空气都像冰锥似的刺进鼻腔里,带来阵阵刺痛,皮肤仿佛要裂开。闭上眼睛的时候,甚至能够感受到眼皮传来的凉意。他把缠在腰间的安全绳扣在已经固定好的钢架上,找到平整的构件连接处站稳,开始固定螺栓。这些螺栓每根都有手臂粗细,他一边用扳手拧螺母,一边吐出白气。

每次变换操作方向,一低头就能看到塔底的人,他们仰着头向上张望,只有一个点那么大。远处那条他每日往返的山路,沿着山路铺开又在寒风中蜷缩成一团的村庄,以及从村子里一直延伸至宿舍门口的防护栏,都是他爬上塔之前从没见过的风景。

他将扳手卡在螺母上,紧紧攥住手柄末端,为了拧紧螺母,他把全身重量都压在扳手上。肩膀和腰部的肌肉一阵紧张,久违的疼痛随之传来。但他从这种肌肉的紧张中，感到了某种宝刀未老的心安，似乎也因此得以确认自己身在何处，又在做些什么。

就这样又过了几天。

"78区的工程，计划在下周完成第六座铁塔的安装，这个月内撤场。"

一个下午，当日工程完工后，现场负责人宣布了接下来的安排。也是那一天，他接到了俊吾的电话。那时已经是傍晚，他正在院子一角整理杂物，把一些不常用的东西装进后备厢。不管怎么收拾都清理不完，不知道是谁留下的、不知道做什么用的东西源源不断地冒出来。他一边听电话，一边清理那些开裂的安全帽、生锈的车轮、坏掉的手提灯和雨衣、被遗弃的旅行背包。

"爸，我收到短信，说我合格了。"

他当时脑子里正想着，要在撤场之前见一次人事负责人，问清楚未来的安排，要个明确的答复，所以一下子没听懂俊吾说的什么意思。他跟公司联系过几次，每次的回复都是——这里的工程因为意外延期至今，就算让他复职，也不能保证继续给他这么久的聘用年限。他明知道这就是委婉拒绝的意思，但就是不想放弃，依旧不停地与人事负责人联系。不过，其实他自己也不知道，自己还能要求什么，又能做些什么。能做的好像都做了，这场斗争似乎已经走到了终点。

"我听不清，你刚说什么？"

他深呼吸了一口，莫名感到有些激动。俊吾迟疑了一会儿，提高嗓门说道：

"我说我考上了，刚刚收到消息。"

俊吾的语气很平淡，但他能感受到儿子刻意压抑的喜悦。

惊喜和激动瞬间包围了他。他兴奋得脸上泛起红晕，赶忙对电话那头的俊吾说了句"好样的"，接着就高兴得不知该说什么，停顿了好久，又重复了一句"儿子好样的"。这种感觉就像有人拽着他浮在空中，缓缓地摇曳着。

"告诉你爸是什么系呀。叫'动物资源学系'，俊吾他爸，你听到了吗？俊吾，一会儿赶紧给外公外婆和奶奶打电话，听到了没？"

电话那头惠善的声音时大时小。

"太好了，太好了。"

儿子考上的并不是什么叫得上名字的学校，但他听惠善提过,以儿子的实力,这几乎是他能考上的最好的大学了。在他看来,儿子能实现自己的目标,足以令他欣慰和自豪了。这通简短却振奋人心的电话挂断之后,那份让他心跳不已、热血沸腾的喜悦也就此画上了句号。

12

之后的几天,他依然没有见到人事负责人。下了两天的大雪,冰冻预警来了,正好给了人事负责人反复推迟见面的借口。

一天夜里,他穿上防寒服,把自己裹得严严实实,背上工具包出门。这时,白天的鹅毛大雪已经停了。村民架在宿舍前的帐篷里一个人都没有,看来扛不住冷,暂时离开了。

他朝工地走去,夜色像冻住了一样,漆黑又凝重。夏天,喧闹热闹、日夜躁动不安的山路,此刻格外僻静。打开手提灯,枯槁的树枝投射出轮廓鲜明的阴影,路边的小灌木因为人们的踩踏和攀折倒向两侧,枯死了一片。

山路越走越窄,越走越陡。

"我来这里是要干吗啊……"

他在心里问自己。

再过几周,就要给儿子交大学注册费了,入春后就要缴学费,还要给他存宿舍费和生活费……不对,或许现在困扰他的根本不是这些。他突然有些懊悔,又有些自责,觉得自己好像一开始就不该开启这场漫长又毫无意义的抗争,比起这个,值得他付出时间和精力的事情还有很多。而且自己其实从一开始就不是公司的对手,败局早已注定。这么久以来,自己不过是在做无谓的抵抗,拼命地拖延时间罢了。

"我为什么要走到今天这一步呢……"

顺着漆黑的山路往上爬时,他一直想着儿子。再过几年,俊吾也会有自己的工作,会发现自己的兴趣所在,也会发现当兴趣变成工作,生活会发生多么大的变化;或许还会发现,为了把这份工作做下去,自己必须承受一些从未想过也不愿承受的事,而在这个过程中,自己可能已经成了另一个人。

走着走着,已经依稀能够看到信号塔了。

他停下脚步,抬头望向这个说不清有多宽又有多高的物体。这个全身钢筋铁甲、绝非一人之力能扳倒或摧毁的巨物也在俯视着他。那一刻,那个人们挂在嘴边、藏身其后的"公司",终于真真切切地站在了自己面前。

"是啊,是你吧,就是你啊……"

他自言自语着,走到信号塔前。

他调整好安全帽电筒的方向,将工具腰带缠在腰间,然后抓着信号塔上的梯子往上爬。每次伸手,能明显感觉到有电流穿过。铁塔上结着薄薄的冰碴,在电筒的照射下闪闪发亮;腰间各种长柄工具不时撞击铁塔,发出清脆又响亮的声音。

长久以来,他一直坚信身体遭受的疲劳和辛苦是有意义的,肉体在磨砺中不断强大是有价值的,因为他知道,正是这段时光将一份工作变成了自己的一部分。他曾经很自豪自己在工作中获得过巨大的个人成长。伴随这种自豪的,还有他对这个与自己一同成长的公司的眷恋和感激。

因此一直以来,公司对他来说,就像一个有血有肉的活人。

他几乎一直爬到了铁塔的最顶端。夜色在稀疏的钢架间浓浓地铺展开来,另一头是黑成一片的村子。他望着那个仿佛一伸手就能攥在手里的小村庄,沉默了许久。每次眨眼,眼睛像刀割一样痛。他把安全带扣好,把身体重心向后移,掏出了扳手。

缓慢地,一个一个地……

钢架构件两侧,一侧六组,总共十二组,他要把所有的螺栓和螺母全都卸下来。

然而螺母纹丝不动,肯定是与螺栓冻在一起了。他掏出锤子对准连接处使劲敲,"哐、哐、哐"的声音瞬间响彻整个夜空。他将扳手卡在螺母上,调整好角度,然后用尽力气往上推,压上了全身的重量、全部的力气。

似乎要把整个人生都赌在这根螺栓上。

终于,刚才还纹丝不动的螺母"嗒"的一声,慢慢旋转起来,接着是第二颗、第三颗、第四颗……片刻之后,原本高高挺立在上方的构件开始向一侧倾斜,剧烈摇晃起来。他一直等到构件重新稳住以后,才开始缓慢地移动到另一侧。他每迈出一步都异常艰难,不知道自己会不会就此直直坠落,他需要一次又一次战胜内心的恐惧。即便如此,他还是觉得一切似乎都变得明朗了,甚至还有些兴奋。

就在他把最后这第十二根螺栓卸掉之后,铁塔上下两个构件便彻底分离，顶部开始倾斜、坠落。

他紧紧贴住信号塔的支撑架站着，脚下漆黑一片，深不见底。但他能感受到，脱落的塔顶就在那一片漆黑中加速下坠，不断地碰撞着他脚下的塔身，发出哐哐当当的声音。塔身也在撞击中剧烈地摇晃。

过了好一会儿，底下才传来了塔顶重重扎入地面的声音。

那一瞬间，他想，这么一来自己就可以把这份工作一直干下去了。是啊……似乎以这种方式把自己亲手建起来的东西摧毁，就可以把这份工作长长久久、长长久久地延续下去了。

作者的话

几年前,我曾去一家通信公司的工会取材。

说取材,好像特别郑重其事,其实我只是去到那里,聆听他们的故事,远远地观察他们的一天,停留了很短的一段时间。

当时我并不知道自己要写一部怎样的小说,又是否真的能写出来。

从某种程度上说,可能我写的这部小说跟他们的真实生活并无关联。

它可以是一部关于工作的小说,也可以是一部关于工作者的小说。又或者,说它是关于那看不见、摸不着,却始终横亘在这两者之间的某种东西的小说,才更加恰当。

写这部小说的过程中,我一直在想,写作这件事情究竟是怎样改变了我,又改变了多少。

他也在等。

等着看自己究竟能坚持到什么时候,

等着看这条路最终会把他引到哪里,

等着看道路尽头究竟是什么。

一页 folio

始于一页,抵达世界
Humanities · History · Literature · Arts

出品人　范　新
品牌总监　恰　恰
策划编辑　赵雪雨
特约编辑　徐　露　徐子淇
营销总监　张　延
营销编辑　狄洋意　闵　婕　许芸茹
新媒体　狄洋意　赵雪雨
版权总监　吴攀君
印制总监　刘玲玲

Folio (Beijing) Culture & Media Co., Ltd.
Bldg. 16-C, Jingyuan Art Center,
Chaoyang, Beijing, China 100124

一頁 folio
微信公众号

官方微博:@一页folio ｜ 官方豆瓣:一页 ｜ 媒体联络:zy@foliobook.com.cn

版权合同登记号 06-2022 年第 140 号

9 번의 일
Copyright © 2019 Kim hyejin
All rights reserved.
First published in Korean by Hankyoreh Publishing Company
Simplified Chinese translation copyright © Folio (Beijing) Culture &
Media Co., Ltd., 2023
Published by arrangement with Hankyoreh Publishing Company
through Arui SHIN Agency

This book is published with the support of The Daesan Foundation

图书在版编目（CIP）数据

9 号的工作 /（韩）金惠珍著；林明译 .—沈阳：辽宁人民出版社，2023.4
　ISBN 978-7-205-10632-4

Ⅰ. ①9… Ⅱ. ①金… ②林… Ⅲ. ①长篇小说—韩国—现代 Ⅳ. ① I312.645

中国版本图书馆 CIP 数据核字（2022）第 212124 号

出版发行： 辽宁人民出版社
　　　　　地址：沈阳市和平区十一纬路 25 号　邮编：110003
　　　　　电话：024-23284321（邮　购）　024-23284324（发行部）
　　　　　传真：024-23284191（发行部）　024-23284304（办公室）
　　　　　http://www.lnpph.com.cn
印　　刷： 北京华联印刷有限公司
幅面尺寸： 110mm×185mm
印　　张： 7.5
字　　数： 110 千字
出版时间： 2023 年 4 月第 1 版
印刷时间： 2023 年 4 月第 1 次印刷
责任编辑： 盖新亮
特约编辑： 徐子淇　赵雪雨
封面设计： 汐　和　at compus studio
版式设计： 陆　靓
责任校对： 冯　莹
书　　号： ISBN 978-7-205-10632-4

定　　价： 45.00 元